二見文庫

双子姉妹　尼僧とシスター

睦月影郎

目次

双子姉妹　尼僧とシスター

第一章　淫らな特殊能力

1

「お母さんは恐い人かな。尼さんだから厳しそうだね」

車の後部シートで、美男は隣に座っている怜香に訊いてみた。

運転席には、大学講師である美男が選んだ、二十歳の学生である猿田、助手席にはその友人の川津が座っている。

「ママは恐くないわ。厳しいけど優しい人よ」

まだ一年生で十八歳の怜香が答えた。尼僧の母親をママと呼ぶのも妙な気がしたが、彼女にはそれが自然なのだろう。

これから向かうのは、怜香の実家である尼寺だ。

彼らは、多くの尼僧たちが本山での研修に行って出払ったので、その間の大掃除を怜香を通じて頼まれたのである。

栗田(くりた)美男は三十歳になったばかりの独身、彼らが在籍している大学で哲学科の講師をしていた。

美男の実家は湘南にあるが、兄夫婦や子供たちで家は手狭になり、彼は大学時代からずっと都内でアパート暮らしだった。

怜香も、実家を出て大学の寮に入っているので、夏休みになった今日、久々の里帰りということになる。それでも大学のある街からここまで、車で一時間半ばかりの距離であった。

怜香も、三年生の猿田も川津も、みな美男が顧問をしている哲学サークルのメンバーで、今回は大掃除というので特に機敏に動きそうな二人を彼が選んだのである。

(尼寺か、どんな雰囲気だろうな……)

美男は、次第に緑が多くなってゆく景色を眺め、車に揺られながら思った。

愛くるしい怜香の母親だから、きっと美しい人だろう。

母親は、高宮春恵という名で三十九歳。怜香が生まれて間もなく夫が病死し、仏門に入って十八年ということだ。

夫も僧侶だったが、春恵はその菩提を弔うため得度をして尼になり、法名も本名のまま同じ字で春恵尼と名乗っているらしい。

しかし春恵の双子の妹、真理亜が、カトリック系である彼らの大学の教会でシスターをしているのだから、実に変わった姉妹であった。

真理亜の方は、美男も学内で見たことがあり、実に清らかなシスターで、その双子だから、春恵も恐らく大変な美貌だろうと想像がついた。

（実に勿体ない。美熟女の姉妹が尼僧とシスターだなんて……）

美男は思った。春恵は怜香という娘がいるが、真理亜の方はどうも処女ではないかと思えるのである。

もっとも美男自身、もう三十になったというのに素人童貞。

しかも、二十代半ばの頃たった一回ソープランドに行って初体験しただけだ。

やはり事務的な段取りが味気ないのと、毎日何度も入浴しているせいで、その女性から何の匂いも感じられないのが物足りず、金もかかるので以後風俗に病みつきになることはなかった。

とにかく素人の女性と恋に落ちて、結婚したいという強い願望があるが、何しろ美男は、その名に反して女性にモテなかった。色白で小太り、特にブ男というわけではないがシャイで、自分から積極的にアタックできず、未だに素人女性とはキスどころか手さえ握ったこともないのである。

それでもサークルの怜香などは懐いてくれている方で、いけないと思いつつ彼は夜毎に可憐な美少女である怜香や、彼女の叔母であるシスター真理亜の面影でオナニーしてしまっていた。

「先生、あれでしょうか」

運転していた猿田が言い、見ると森の陰から大きな瓦屋根が覗いていた。

「そう、あれです」

怜香が美男の方へ身を乗り出して外を見ながら言い、美男は生ぬるく甘ったるい美少女の体臭と、ほんのり甘酸っぱい吐息を感じて思わず股間を熱くさせてしまった。

やがて車で向かい、山門をくぐって広い庭に停車した。

すると、すぐ黒い僧衣に白い頭巾を被った春恵と思われる女性が静かに出てきた。

（う、美しい……）

車を降りた美男は思い、蟬時雨のなか皆で春恵の前に向かった。

すばしこそうな猿田は、名の通り猿顔の孫悟空で、川津はノッポの河童顔で沙悟浄。そして美しい春恵が三蔵法師なら、太った自分は猪八戒というところだろうか。

まるで西遊記のような四人に、天使のような美少女が揃った。

「ママ、ただいま」

「お帰りなさい。皆さんもようこそ」

怜香が言うと、春恵も透き通った笑みを浮かべて挨拶した。当然スッピンだろうが、艶のある肌は白く滑らかで、赤みがかった形良い唇から光沢ある綺麗な歯並びが覗いていた。

もちろん美しいばかりでなく、僧衣の効果もあるのだろう、何とも神々しい雰囲気があった。仏教で神々しいというのも変かも知れないから、やや豊満な体形から福々しいと言うべきだろうか。

「よろしくおねがいします」

美男と、猿田に川津も、春恵の清らかなオーラに、やや緊張気味に頭を下げて順々に名乗った。

「ええ、みな出払っているけど、研修の前にお掃除はしたので、今日は高いところとかお願いします。大変でしょうけど」

春恵が言い、ふと美男と目を合わせ、一瞬きつい眼差しになった。

「いつも怜香がお世話になっております」

「いえ……」

「あの、申し訳ないのですが栗田先生だけは、このままお帰り下さい」

「え……？」

いきなり言われ、美男は戸惑った。怜香も驚いたようだ。

「ママ、どうしたの？　先生だけ帰れなんて」

「ええ、学生さんお二人で充分に手は足りているので、せっかく来て頂いたのだけれどご遠慮してもらって」

春恵はにこやかに言いながら、そのまま庫裡に入ってしまった。

猿田と川津も顔を見合わせていたが、春恵が奥から言った。

「さあ、お二人はどうぞ中へ」

「ああ、構わないよ。庵主である彼女の言葉に従おう。じゃ僕はバスで戻るのでしっかり働いてくれ」

美男も取り繕って言うと、猿田と川津も彼に一礼し、庫裡に入っていった。

「先生、ごめんね。どうしたのかしら……」

怜香がすまなそうに言うが、

「いいよ、わけは分からないけど逆らうわけにもいかないからね」

「そう、何か分かったらあとでLINEします」

「うん、分かった。じゃ入って」

彼が言うと、怜香も頭を下げて庫裡に入った。

それを見送り、大きな本堂を見上げてから美男は引き返して山門を出た。

（まさか、長年の修行で彼女は超能力でも持って、僕が怜香や真理亜さんを思って抜いているのを見抜かれたんだろうか……）

美男は、そんなことを思いながら山道を下り、やがてバス停まで行った。

だが、それなら猿田や川津だって似たようなものだろう。二人とも童貞ではないにしろ、今は付き合っている彼女もいないようだし、可憐な怜香を思ってオナニーぐらいしているに違いない。

ただ二人はサークル活動も熱心ではないし、怜香もごく普通の先輩として接しているだけのようだ。

バス停の時刻表を見ると、幸いにも間もなくバスが来て、彼は乗り込んで十五分ばかり揺られ、最寄りの駅まで戻ったのだった。

せっかく来たのだし、このままアパートへ帰るのも残念である。

午前十時、駅前で本屋でも見て、少し散策してから一人で昼食を済まそうと思った。

駅前はバスターミナルとコンビニだけで閑散としていたが、それでも喫茶店があり、少し離れた小さな商店街には本屋もあるようだ。

そこをブラブラ回って立ち読みなどしてから駅前に戻り、喫茶店でコーヒーを飲んで時間を潰した。

そして蕎麦屋に入って昼前に天麩羅蕎麦を食い終え、茶を飲んでいるところへ怜香からのLINEが入ったのである。

「まだ近くにいますか?」

怜香が送信してきたので、美男もやりとりをした。

「うん、いま駅前で昼食を済ませたところ」

「そう、良かった。こっちも今からお昼にするところです。お掃除は三時には終わって解散するので、そのあともう一度来ていただけないでしょうか」

「え……？」

「どうも、ママがお話あるみたいなんです。ただ私は、今日は高校時代のお友達の家に泊まるので、二人が帰るとき途中まで車で送ってもらいますので」

「そう、じゃ三時半頃までに行くので、そう庵主に伝えておいてね」

美男は、そう言ってＬＩＮＥを切った。

だが、そうなるとどこでどう時間を潰そうか迷ったが、春恵がどんな話をするのか気になり、緊張の高まりとともに期待も湧いてきたのだった。

2

「先ほどは大変失礼いたしました。やはり、栗田先生もお気になさっているでしょうから、迷ったのですがお話ししておこうと思いまして」

三時半に美男が尼寺へと戻ると、春恵が彼を部屋に招き、茶を出してくれながら言った。

「いいえ、あの二人はしっかり働きましたか」

「はい、ずいぶん助かりましたので、よろしくお伝え下さいませ」

彼女が微かな笑みを浮かべ、静かに答えた。

猿田と川津は、三時過ぎに怜香を車に乗せ、友人の家まで送りがてら引き上げてゆき、美男とすれ違うこともなかった。

広い本堂には阿弥陀如来が鎮座し、裏は墓地。庫裡の各部屋には尼僧たちの寝起きする部屋、そして厨に風呂と厠があり、美男が招かれたのは庫裡に連結した母屋で、ごく普通の和室だった。

二階には怜香の部屋があるのだろう。

本来は男子禁制だが、やはり高いところの掃除や力仕事などには男手も必要なので、今日は特別らしい。

「それで、僕を帰らせたのはどのような理由で……」

美男は自分から本題に入って訊いてみた。

「それは先生に、剣呑（けんのん）の気が感じられたからです」

「剣呑とは……」

「いえ、先生が、ではなく、先生に接した女が危うくなるという気です」

そう言われても、よく分からない。

　美男は熱い茶をすすり、失礼と言って正座から胡座(あぐら)に変えた。

「先生は、仏教の言葉で八識(はっしき)というのをご存じですか」

　訊かれて、彼も記憶をたどった。聞いたことはあるし、哲学が専攻だが仏教哲学はうろ覚えである。

「何となく、というだけですが……」

「八識とは八つの識のことです。まず、眼識(がんしき)、耳識(じしき)、鼻識(びしき)、舌識(ぜつしき)、身識(しんしき)、これが五感です」

「はい」

「そして六番目に意識、七番目は末那識(まなしき)、これは無意識と言える感覚です。どんなに修行を積んだ僧侶でも、夢の中では人を殺すかも知れない。あるいは、なぜあんな人を好きになってしまったのか、という恋の不思議、つまり意識でコントロールできないのが末那識の世界です」

　春恵が、綺麗に澄んだ声で説明をする。

「なるほど、末那識とは、衝動とか出来心とか魔が差すというものですね」

　美男も納得して答えた。

「そうです。そして八番目に、阿羅耶識(あらやしき)というものがありますがこれは心の本体。

問題は、末那識です」

阿羅耶識については、三島由紀夫の『天人五衰』に詳しく書かれていたので、美男も聞いたことがあった。

「よくご存じですね。さすがにプロ」

「プロだなんてそんな、私はただの尼です」

ここは笑うところだろうかと迷ったが、春恵の表情は真剣である。

「それで、その末那識が何か……」

「先生には、人の末那識を操るつまり、無意識をコントロールできる力を持っているようです。特に女の抑圧された欲望を表に出してしまう力、だから私は危険だと思いました」

春恵が重々しく言う。

しかし美男には、自分にそんな力があるなど思いもしなかった。第一、そんな力があるなら今まで、多くの女性を衝動的に欲情させ、それを自分に向けることも出来たではないか。

「だって、僕は今まで……」

「ええ、確かに眠っているようです。でも、それが今にも目覚めようとしているのです」

春恵が言い、彼女の方から生ぬるく甘ったるい匂いが漂ってきた。

「一目で分かりました。怜香が懐いているのも、最初は父親のいない子で年上の男を慕い、それが今は恋心になろうとしている。先生が望んでいる通りに」

「え……」

だとしたら、不安はあるものの嬉しかった。

「こうして、私が先生を呼び戻してお話をしているのも、初対面のとき先生の気に当てられ、衝動的になっているのでしょうが、もう自分ではどうにもなりません」

何も言わなければ美男も気づかなかったのに、春恵は魔が差したように正直に言いたい衝動に駆られているのだろう。

ということは、この修行を積んだ尼僧にも、言いようのない欲情の衝動や快楽への願望が深く根付いているに違いない。

もっとも熟れ頃で生身の女性なのだから、それは当然のことである。

春恵は二十歳で怜香を孕んで、その前に亡夫以外とも性交渉があったかどうか分からないが、とにかくこの十八年余り男には触れていないだろう。

だからこそ、なおさら強く疼く衝動が熟れ肌の奥に眠っていることは想像に難くなかった。

意識しているときは、戒律の厳しい尼僧の立場は揺るがないだろうが、末那識の領域は、遙かに魅惑的で開放的であろう。

「も、もしかして、僕とセックスしてもいいのでしょうか……」

いつしか、彼も良識や抑圧から解放され、痛いほど激しく股間を突っ張らせながら言ってしまっていた。

「私は、仏門に仕える身ですから、自分から求めるわけにいきません……」

春恵が、ほんのり色白の頬を紅潮させつつ答えた。

「ならば、有り余る欲情に悶々としている僕を救済して頂きたいのですが」

「私からは、何もして差し上げるわけに参りません……」

「構いません。ただじっとしていて下さるだけで」

美男は、急に濃くなった甘い匂いを感じながら勢い込んで言った。

すると春恵は、しばし俯きながら熱い呼吸を繰り返していたが、やがて顔を上げて立ち上がった。

「こちらへ」

彼女が言って部屋を出たので、美男も従った。すると廊下の奥に、春恵の私室があった。

そこも八畳の和室で縁側の手前に雪見障子、箪笥と鏡台、衣紋掛けや文机などがあった。

春恵は押し入れを開けて布団を敷き延べ、枕を置いた。

「では、どうすればいいのか言って下さいませ」

「ど、どうか、全て脱いで下さい……」

緊張と興奮に声をかすれさせながら彼が言うと、もうためらわず春恵も袈裟を取り、帯を解いて法衣を抜きはじめていった。

美男も手早くシャツとズボンを脱ぎ去り、靴下と最後の一枚も脱いで全裸になり、先に布団に横たわった。

枕には、美しい尼僧の甘い匂いが濃厚に沁み付き、その刺激が胸から股間に伝わっていった。

さっき時間つぶしにもう一度喫茶店に入ってトイレで放尿したし、今朝は出がけにシャワーを浴びたので、このまま致しても問題ないだろう。

しかし春恵の方は、朝から掃除の指示をして動き回っていただろうし、最後の入浴は昨夜だろうから、脱いでゆくたびに甘い汗の匂いが揺らめいていた。

みるみる白い熟れ肌が露わになってゆき、巨乳と豊かな尻も見えた。

上品に肉づきが良く、もちろん化粧どころかエステなどにも縁のない暮らしをしていることだろう。

最後に春恵は肌着からた足袋、白い頭巾まで脱ぎ去り、完全に一糸まとわぬ姿になって添い寝してきた。

剃髪した頭は実に色っぽく、見た目はスベスベだが恐る恐る触れてみると、生えかけの髪のざらつきが感じられた。あとで訊くと、三日に一度剃刀を当てているようだ。

「では、好きにして構いませんか」

「ご存分に……」

囁くと、春恵が小さく答え、仰向けで目を閉じると胸の前で合掌した。

美男も身を起こし、四十歳を目前にした熟れ肌を見下ろした。

合掌している手を握ってやんわりと胸から外すと、何とも豊かな巨乳が弾けるように現れた。

尼僧にこんな見事な膨らみは要らないだろうに、それは艶めかしく息づき、乳首も乳輪も清らかな桜色をし、膨らみにはうっすらと薄紫の毛細血管も透けて見えていた。

もう美男は堪らず屈み込むと、吸い寄せられるように顔を埋め込み、チュッと乳首に吸い付いて舌で転がした。

「く……」

春恵が小さく呻き、身構えるようにビクリと熟れ肌を強ばらせた。

膨らみに手を這わせながら乳首を舐め回すと、次第に彼女は少しもじっとしていられないようにクネクネと身悶え、熱い呼吸を弾ませはじめていった。

3

「アア……」

春恵は、懸命に堪えていたようだが、とうとう熱い喘ぎ声を洩らした。

美男は、ほんのり汗ばんだ胸元や腋から漂う甘ったるい匂いに酔いしれながら左右の乳首を交互に含んで舐め回し、顔中を柔らかな膨らみに押し付けて感触を味わった。

そして両の乳首を充分に味わうと、彼女の腕を差し上げ、腋の下にも鼻を埋め込んでいった。

やはりソープランドの決まった段取りで受け身になるのと違い、ただ身を投げ出している全裸美女を積極的に愛撫し、味わうという初めての体験が実に新鮮であった。

しかも彼女が身を震わせて喘ぎ、完全に受け身になってくれているので、どんな愛撫でも羞恥や気後れなく行動することが出来た。

春恵の腋の下には、何と色っぽい腋毛が煙っていた。

髪は剃っても腋は剃らないようで、鼻を擦りつけて嗅ぐと、濃厚に甘ったるいミルクのような汗の匂いが鼻腔を刺激してきた。

美男はうっとりと酔いしれながら胸を満たし、さらに尼僧の白く滑らかな熟れ肌を舐め降りていった。

形良い臍を舌で探り、張り詰めた下腹に顔を押し付けて弾力を味わい、さらに豊満な腰から脚を舐め降りていった。

せっかく美女が身を投げ出して好きにさせてくれているのだから、やはり肝心な部分は最後まで取っておきたかった。

春恵も、まるで生け贄にでもなったように神妙に身を投げ出し、見ると再び胸の前で合掌していた。

脚をたどっていくと、脛にもまばらな体毛があり、これも自然のままの魅力が感じられた。

恐らく昭和以前の美女は、皆このようだったのだろう。

美男は艶めかしい脛毛に舌を這わせて足首まで下り、足裏に回って踵から土踏まずも舐め回した。

形良く揃った足指に鼻を割り込ませると、そこは生ぬるい汗と脂にジットリ湿り、蒸れた匂いが濃く沁み付いていた。

彼は充分に嗅いで鼻腔を刺激されてから、爪先にしゃぶり付くと順々に指の股に舌を挿し入れて味わった。

「あう……、いけません、そのような……」

春恵がビクリと足を震わせ、呻きながらか細く言った。やはり僧侶であった亡夫も、その前にいたかどうか分からない学生時代の彼氏も、ここまで舐めていないのだろう。

美男は全ての指をしゃぶり、もう片方の爪先の味と匂いをすっかり堪能し尽く

した。そしていったん顔を上げ、

「どうかうつ伏せに」

言うと春恵も合掌を解くと素直に寝返りを打ち、腹這いになってくれた。

彼は踵からアキレス腱、脹ら脛（ふくはぎ）のヒラメ筋から汗ばんだヒカガミ、量感ある太腿から豊満な尻の丸みを舌でたどっていった。

尻の谷間はあとの楽しみにし、腰から滑らかな背中を舐め上げると、僧衣の紐の食い込み痕には淡い汗の味が感じられた。

「く……」

背中もくすぐったいほど感じるようで、春恵はうつ伏せのまま喘いだが、もう腹這いでは合掌も出来ない。

肩まで行ってうなじを舐め、ざらつきのある後頭部に舌を這わせ、耳の裏側にも鼻を埋め込んで嗅いだが、髪がないから蒸れた匂いは僅かしかしなかった。

そこにも舌を這わせると、彼は再び背中を舐め降り、うつ伏せのまま股を開かせ、その真ん中に腹這いになった。

目の前いっぱいに白く豊かな尻が迫り、指で谷間を広げるとピンクの蕾がひっそり閉じられていた。

細かな襞の震える蕾に鼻を埋めて嗅ぐと、ほのかに蒸れた汗の匂いに混じり、生々しいビネガー臭も悩ましく籠もって鼻腔を刺激してきた。

母屋のトイレは近代的なシャワー付きだろうが、庫裡にある厠は昔ながらの和式水洗らしい。そちらで大の用を足せば、紙で拭くだけだから匂いも残り、寝起きしている若い尼僧たちも皆この匂いをさせているのだろう。

彼は顔中を双丘に密着させ、張りと弾力を味わいながら微香を貪り、舌を這わせて息づく襞を濡らした。

そして潜り込ませ、ヌルッとした滑らかな粘膜も探った。

「あう、ダメ……」

春恵が顔を伏せて呻き、キュッと肛門で舌先を締め付けてきた。

美男が舌を蠢かせると、粘膜からは淡く甘苦い微妙な味わいが感じられた。

充分に味わって顔を上げると、それ以上の刺激を避けるように春恵は自分から再び寝返りを打ってきた。

美男が春恵の片方の脚をくぐって股間に迫ると、彼女も大股開きの仰向けになった。

白くムッチリした内腿を舐め、熱気と湿り気の籠もる割れ目に迫った。

見ると、ふっくらした丘には黒々と艶のある恥毛が濃く茂り、下の方は愛液の雫(しずく)を宿していた。

肉づきが良く丸みを帯びた割れ目からは、薄桃色の花びらが縦長のハート型にはみ出している。

そっと指を当てて左右に広げると、綺麗なピンクの柔肉はヌメヌメと熱い蜜に潤い、かつて怜香が生まれ出てきた膣口が濡れて妖しく息づいていた。

包皮の下からは、小指の先ほどもあるクリトリスがツンと突き立ち、真珠色の光沢を放っていた。

何と美しい眺めだろう。

風俗体験のときは、羞恥と緊張でろくに見なかったから、彼はここぞとばかりに目を凝らした。

「アア……、そ、そんなに見ないで……」

股間に彼の熱い視線と息を感じ、春恵がヒクヒクと下腹を波打たせて言った。

美男も堪らずに顔を埋め込み、柔らかな茂みに鼻を擦りつけ、隅々に籠もった生ぬるい濃厚な汗とオシッコの匂いを貪った。

そして鼻腔を満たしながら舌を這わせ、陰唇の内側に差し入れていくと、淡い酸味のヌメリが迎えてくれた。

膣口の襞をクチュクチュ掻き回し、ゆっくりクリトリスまで舐め上げると、

「アアッ……！」

春恵が熱く喘ぎ、ビクッと顔を仰け反らせると、内腿でキュッときつく彼の両頬を挟み付けてきた。

美男はもがく豊満な腰を抱え込んで押さえ、最も感じるらしいクリトリスを舌先でチロチロと弾くように舐めた。

舌を上下左右に蠢かせ、上の歯で完全に包皮を押し上げて突起に吸い付き、さらに指を膣口に挿し入れて小刻みに内壁を擦ると、

「く……、堪忍……」

春恵が奥歯を噛み締めて呻き、内腿に力を込めながらヌラヌラと大量の愛液を漏らしてきた。

さらに指で天井の膨らみ、ネットで見たGスポットあたりに見当を付けて摩擦し、なおもクリトリスへの愛撫を続けていると、

「い、いけません、もう……！」

春恵が声を震わせて行きなり身を起こし、とうとう彼の顔を股間から追い出し

てしまった。

どうやら舌と指の愛撫で、急激に絶頂が迫ったようだ。

いかに末那識のなせるまま身を投げ出していても、絶頂には本能的な戦き（おのの）があるのだろう。

それは独身時代のオナニーで得た絶頂の記憶か、あるいは所帯を持ってから得られた膣感覚によるオルガスムスへの畏怖かも知れない。

とにかく美男も素直に股間から這い出して添い寝すると、彼女の腕をくぐって腕枕してもらい、熟れ肌に密着しながら巨乳に頰を当てた。

「気持ち良かったですか」

「ええ……、恐いぐらいに……」

訊くと、春恵が熱い息で答えた。湿り気を含んだ吐息は白粉（おしろい）のように甘い刺激が含まれ、悩ましく鼻腔が刺激された。

「ね、今度は庵主様が僕にして……」

甘えるように言い、春恵の手を握ってペニスに導くと、彼女もそろそろと強ばりに触れ、ほんのり汗ばんで柔らかな手のひらに包み込んでくれた。

「ああ、気持ちいい、もっと動かして……」

人の指で弄ばれる快感に喘ぎながら言うと、春恵もぎこちなくニギニギと動かしてくれた。

いったん触れると彼女も度胸が付いたように、あちこちいじり回し、陰嚢にも触れて睾丸を確認したりした。

予想もつかない人の指の動きは、意外な部分が感じることを教えてくれたりして、たちまち彼は粘液を滲ませてクネクネと悶えはじめたのだった。

4

「ね、どうかお口で可愛がって下さい……」

美男は仰向けになりながら、ダメ元で言ってみた。

すると春恵もペニスから手を離して身を起こすと、大股開きになった彼の股間に腹這い、白い顔を迫らせてきたのである。

そして熱い視線を注ぎながら、再び幹を撫でて張り詰めた亀頭をいじり、やがて身を乗り出して舌を這わせてくれた。

裏筋を舐め上げ、先端まで来ると幹に指を添えて支え、粘液の滲む尿道口をチロチロと舐め回した。

「ああ……、気持ちいい……」

美男は快感に喘ぎ、ヒクヒクと幹を震わせて高まった。

春恵も、上品な口を丸く開くと、張り詰めた亀頭をくわえて吸い付き、そのままスッポリと喉の奥まで呑み込んでくれた。

本来なら、決してしてくれないことなのだろうが、今は美男の目覚めた能力が春恵の無意識の欲求に働きかけ、今まで出来なかったことほど熱烈にしてくれるようだった。

あとで死ぬほど後悔しなければ良いがと思いつつ、美男は初めて素人女性にしゃぶられ、しかも清らかな尼僧の口に含まれながら快感を高めていった。

生温かな唾液にまみれたペニスを、思わずズンズンと突き上げると、

「ンン……」

喉の奥を突かれた春恵が微かに眉をひそめて呻き、新たな唾液をたっぷり分泌させてきた。

そして彼女もいつしか顔を小刻みに上下させ、濡れた口でスポスポとリズミカルで貪欲な動きを繰り返してくれたのだった。

「い、いきそう……、どうか跨いで入れて下さい……」

絶頂を迫らせて美男が言うと、彼女も動きを止めスポンと口を離した。

「私が上に……」

「ええ、下から見上げたいので」

顔を上げて言う春恵に答えると、彼女も意を決して前進してきた。

あるいは、女上位などしたことがないのかも知れないが、今は彼の力によって無意識の衝動に駆られ、完全に快楽を優先させていた。

巨乳を揺すりながら仰向けの彼の股間に跨がると、ぎこちなく幹に指を添えて濡れた割れ目を先端に押し付けてきた。

位置を定めると、意を決したように息を詰め、ゆっくり腰を沈み込ませていった。張り詰めた亀頭が潜り込むと、あとは潤いと重みでヌルヌルッと滑らかに根元まで嵌(は)まり込んだ。

「アアッ……！」

春恵が顔を仰け反らせて熱く喘ぎ、完全に座り込んで股間を密着させ、キュッときつく締め上げてきた。

美男も股間に熟れ肌の重みと温もりを感じ、肉襞の摩擦と潤いに激しく高まった。そして揺れる巨乳を見上げながら、両手を回して引き寄せると、彼女も身を重ねてきた。

下から両手で抱き留め、僅かに両膝を立てて豊満な尻を支えると、やはり風俗ではなく、ここで初めて心から童貞を捨てたという気持ちになった。

胸に巨乳が押し付けられて心地よく弾み、じっとしていても熱く濡れた膣内が味わうような収縮をキュッキュッと繰り返している。

愛液の量もさっきより格段に増え、すぐにも溢れた分が陰嚢の脇を伝い流れて彼の肛門まで生温かく濡らしてきた。やはり、十八年間も我慢し続けてきた分の愛液が一気に溢れてきたようだった。

顔を引き寄せて唇を重ねると、間近に見える頬はスッピンでも実にきめ細かく滑らかだった。

柔らかな唇の弾力と唾液の湿り気を味わいながら、そろそろと舌を挿し入れて滑らかな歯並びを左右にたどると、春恵もおずおずと歯を開いて侵入を許してくれた。

舌を触れ合わせてチロチロと蠢かすと、

「ンン……」

春恵も熱く鼻を鳴らし、肉厚の舌をネットリとからませてくれた。美男は、美女の生温かな唾液に濡れて動く舌を執拗に味わった。

そしてズンズンと股間を突き上げはじめると、

「アアッ……」

春恵が息苦しくなったように口を離し、熱い喘ぎ声を洩らした。

湿り気ある吐息は白粉のような甘い刺激を含み、彼の鼻腔を悩ましく掻き回してきた。

「ああ、いい匂い……」

美男は、彼女の喘ぐ口に鼻を押し込むようにして嗅ぎながら喘いだ。この清らかな尼僧の、一度吸い込んで不要になった気体だけを全て吸って生きていたいと思うほどだった。

次第に勢いを付けて股間を突き上げると、溢れる愛液ですぐにも動きがヌラヌラと滑らかになり、クチュクチュと湿った摩擦音が聞こえてきた。

「ああ……、す、すごい……」

春恵も快感に声を洩らし、膣内の収縮を活発にさせていった。

さらに彼女も腰を遣って動きを合わせはじめると、いつしか互いの股間がぶつかり合うほど激しいものになっていった。

もう美男も限界に達し、美熟女の吐息で胸を満たしながら、肉襞の摩擦と締め付けの中で昇り詰めてしまった。

「く……！」

突き上がる大きな絶頂の快感に全身を貫かれて呻くと、彼はドクンドクンとありったけの熱いザーメンを柔肉の奥にほとばしらせた。

「あう、熱い、感じる……、アアーッ……！」

すると奥深い部分に噴出を感じたのか、春恵も声を上ずらせるなり、ガクガクと狂おしい痙攣を開始したのである。

どうやらオルガスムスに達してしまったようだ。

クリトリスへの刺激なら絶頂の経験もあっただろうが、早い時期に妊娠したので、あるいは膣感覚によるオルガスムスは初めてかも知れない。

美男も今までネットや本の知識により、女性の膣感覚によるオルガスムスがなかなか得られないことを知っていたので、これがそうなら嬉しいと思った。

膣内の収縮も最高潮になり、まるで彼の全身まで吸い込もうとするような蠢動が繰り返された。

彼はしがみつきながら股間をぶつけ続け、心ゆくまで快感を味わい、最後の一滴まで出し尽くしていった。

すっかり満足しながら徐々に突き上げを弱めていくと、

「ああ……」

春恵も徐々に熟れ肌の強ばりを解いて声を洩らし、グッタリと力を抜いて彼にもたれかかってきた。

膣内は、まだ名残惜しげな収縮が繰り返され、刺激された幹がヒクヒクと内部で過敏に跳ね上がった。

「あう……」

春恵も敏感になっているように呻き、幹の震えを押さえつけるようにキュッときつく締め上げた。美男は美熟女の重みと温もりを全身に受け止め、彼女の吐き出すかぐわしい息を胸いっぱいに嗅いで鼻腔を満たしながら、うっとりと快感の余韻に浸り込んでいったのだった。

そしてなおもヒクヒクと幹を震わせていると、

「も、もう堪忍……」

春恵が言い、そろそろと股間を引き離すと、そのまま添い寝して横から肌を密着させてきた。彼も甘えるように腕枕してもらい、巨乳に抱かれながら呼吸を整えた。

「気持ち良かったですか。どうか後悔なさいませんように……」

「ええ……、大丈夫です……」

囁くと、春恵も熱い息遣いを繰り返しながらか細く答えたが、やがて規則正しい寝息を立てはじめたのだった。

どうやら精根尽き果て、睡りに落ちてしまったようだ。

美男も、ようやく初体験した思いで感激に浸り、春恵の吐息を嗅ぎながら温もりに包まれ、少しだけ心地よい眠りに就いたのだった。

5

「どうか、今夜は私一人なので泊まっていって下さいませ」

互いにシャワーを浴びると、春恵が作務衣(さむえ)姿になっていった。

もちろん美男に否やはない。それより彼女が、全く後悔していないようなので安心したものだった。

母屋のバスルームはごく普通のものでシャワーもあり、春恵が甲斐甲斐しく夕食の仕度をしてくれた。

やがて母屋の食堂で差し向かいに夕食を摂った。豆ご飯に豆腐に干物、漬け物に吸物と、ごく普通のものだが、やはり肉類はないようだ。

洗い物を手伝い、彼女の部屋にもうひと組布団を敷いた。

朝が早いようなので夜も早く、春恵は本堂で夜の読経を済ませると、戸締まりを見回ってから戻ってきた。

灯りを消して美男がシャツとトランクスで横になると、春恵も寝巻に着替えて床に就いた。

「もう一度、いいですか……」

「いけません。もう眠る時間ですので」

求めると春恵が答え、薄明かりの中で目を閉じてしまった。

もちろん彼はピンピンに回復しているが、無理やり狼藉に及ぶような性格ではない。

そのうち彼女も、快楽を求めてくるのではないかと期待したが、本当に寝息を立てはじめてしまった。

彼は仕方なく、静かな尼寺の中で寝返りを打ちながらスマホを見たりしたが、怜香も友人とお喋りに夢中なのか、あれからＬＩＮＥは入っていなかった。

しかし美男が母親とセックスをし、一緒に寝ているなど怜香は夢にも思っていないだろう。

そして美男もやがて、素人女性との初体験による心地よい余韻の中、いつしか深い睡りに落ちてしまったのだった。

次に目を覚ましたのは、まだ暗いうちだ。スマホを見ると、午前三時半。

さすがに静かすぎて、早めに目を覚ましてしまったようだ。

隣では、春恵が仰向けのまま静かに眠っている。

彼は朝立ちの勢いも加わり、どうにも我慢できなくなって手早く全裸になり、そろそろと彼女の布団に移動していった。

薄掛けを剝いで添い寝していくと、昨夜以上に彼女から発する生ぬるい体臭が甘ったるく感じられた。

腕をくぐって腕枕してもらうと、

「あ……」

すぐに春恵が目を覚ましてしまった。

「いけません。そろそろ起きる時間ですので」

「最後まではしませんので、ほんの少しだけ……」

彼女が起き上がりそうになって言うので、美男は必死にしがみついた。

「せめて、どうか指でお願いします」

言いながら春恵の手を握って股間に導くと、彼女もやんわりと握ってくれた。

「すぐすませるのですよ」

「ええ……」

優しく囁かれ、彼が頷くと春恵はニギニギと微妙なタッチで愛撫してくれた。

「このような動きで良いですか」

「ええ、すごく気持ちいい……」

彼は尼僧の手のひらの中で弄ばれ、ムクムクと最大限に勃起しながら答えた。

そして唇を重ねて舌をからめ、さらに彼女の口に鼻を押し込んで嗅ぐと、寝起きで濃厚になった白粉臭が悩ましく鼻腔を刺激してきた。

「ああ、このまま呑み込まれたい……」

美男は、美女の口の匂いに酔いしれながら、指の愛撫にジワジワと激しく高まっていった。

そういえばケーブルテレビの再放送で見た『西遊記』で、雪山に遭難して飢えた四人が洞窟で一夜を過ごす回があった。

美しい女優の三蔵法師は疲労で臥せり、悟空と悟浄と八戒の三人は、このままでは全員飢えて死ぬだけだから、くじを引いて負けたものが皆に食われようということになった。

結局、八戒が負けて洞窟を逃げ出し、追った二人は雪に埋もれて死んでいる大猪を見つける。きっと猪八戒は、我々が食いやすいように猪に姿を変えたのだと解釈し、その死骸を運んで解体し、皆で焼いて食うが、三蔵も腹を満たして元気になっていく。

「ときに、八戒の姿が見えませんが」

気づいた三蔵が言うが、散らばった骨を見て彼女は錯乱してしまう。もちろんあとで、生きた八戒と一行は再会するのである。

その回で、三蔵が肉を貪るシーンを見て、美男は何やら自分が美人女優に食われているような気がして、激しくオナニーしてしまったものだ。

ちなみに、美男の美という字は生け贄にする大きな羊という意味だ。

そして猪八戒に似た美男は猪ではなく、未年（ひつじどし）である。

「噛んで……」

囁くと、春恵も彼の鼻の頭をそっと噛んでくれた。

「ああ、気持ちいい、もっと強く……」

彼は綺麗な歯並びによる甘美な刺激と息の匂いに喘いだが、

「もうダメです。まだ出ませんか」

春恵が言い、ペニスから手を離すと腕枕を解き、身を起こしてきた。

「お口でして差し上げましょう」

「お、お願いします……」

言われて、彼は嬉々として答えていた。

まだ春恵は、彼の未知の能力に操られ、抑圧された無意識の願望を表に出しているのだろう。もちろん女性がペニスを口で愛撫することぐらい、現代で普通の生活をしていれば知っていることだ。

そして美男が仰向けの大股開きになると彼女は真ん中に腹這い、股間に白い顔を迫らせてきた。

すると彼女はまず美男の両脚を浮かせ、尻の谷間に舌を這わせてくれたのであ

る。チロチロと肛門を舐めて濡らし、自分がされたようにヌルッと潜り込ませてくると、

「あう……！」

美男は妖しい快感に呻き、肛門で美女の舌先を締め付けた。

内部で舌が蠢くと、内側から刺激されたように勃起したペニスがヒクヒクと上下した。彼女も熱い鼻息で陰嚢をくすぐりながら充分に舌を動かし、やがて引き離して脚を下ろした。

そして陰嚢を舐め回し、二つの睾丸を転がして袋を唾液にまみれさせた。

ここも実に新鮮な快感があった。やはり右手だけのオナニーと違い、生身の相手がいると自分の体の隅々まで感じる部分が発見できるようだ。

さらに彼女が前進し、とうとう肉棒の裏側を舐め上げ、先端まで来るとスッポリと含んでくれた。

熱い息が股間に籠もり、恐る恐る股間を見ると剃髪した美しい尼僧が夢中でおしゃぶりしていた。

「あうう、いきそう……」

彼は無意識にズンズンと股間を突き上げながら呻き、この清らかな尼僧の口を

汚して良いものだろうかと思った。しかし、そんな禁断の思いも快感に拍車をかけ、たちまち昇り詰めてしまった。

「い、いく……、アアッ……！」

全身を貫く快感に声を洩らしながら、彼はありったけの熱いザーメンをドクンドクンと勢いよくほとばしらせた。

「ク……、ンン……」

喉の奥を直撃された春恵は小さく呻きながらも、噎せることはなく、なおも吸引と摩擦、舌の蠢きを続行してくれた。

美男は溶けてしまいそうな快感に身悶えながら、心置きなく最後の一滴まで出し尽くしてしまった。

グッタリと身を投げ出すと、春恵も愛撫を止め、亀頭をくわえたまま口に溜まったザーメンをゴクリと飲み干してくれたのだった。

「あう……」

喉が鳴ると同時に口腔がキュッと締まり、彼は駄目押しの快感に呻いた。

ようやく春恵もスポンと口を離し、なおも幹をしごきながら、尿道口に脹らむ余りの雫まで丁寧にチロチロと舐め取ってくれたのである。

「く……、も、もういいです、有難うございました……」

美男は呻き、過敏になった幹をヒクつかせながら、降参するようにクネクネと腰をよじった。

彼女も舌を引っ込めて顔を上げると、チロリと舌なめずりをしながら再び添い寝してくれた。

どうやら、呼吸が整うまで抱いてくれるようだ。

彼は腕枕してもらいながら、生まれて初めての口内発射の余韻に胸を震わせ、いつまでも荒い呼吸が治まらなかった。

「飲んだのは初めてです。人の生きた種を飲み込むなど、何だか恐ろしいことですね……」

春恵が囁くが、彼は自分の子種が美女の胃の中で溶けて吸収され、栄養にされることが嬉しかった。彼女の吐息にザーメンの生臭さは残っておらず、さっきと同じ濃厚な白粉臭が彼の鼻腔を刺激してくれた。

「さ、ではゆっくり休んでいなさいね」

春恵が身を起こして言う。彼女の口調も、すっかり年下の男を愛でるようなものに変わっていた。

やがて彼女は部屋を出ていったが、美男は呼吸を整えながら身を投げ出して余韻を味わった。間もなく本堂の方から、着替えた春恵が朝のお勤めで読経する声が聞こえてきた。

心地よい気怠さに満たされているが、もちろんもう眠る気はない。

あまりゆっくりして怜香が帰ってきてしまうといけない。朝食を終えたら辞すつもりでいた。

やがて読経が終わる頃、美男も起き上がって布団を畳み、身繕いをした。

昨日から今朝にかけて体験した数々のことは、アパートへ戻ってゆっくり振り返ろうと思った。

そして二人で質素な朝食を済ませると、美男はもう一度したい気持ちになったが、後ろ髪を引かれる思いで寺を出たのだった。

第二章　修道尼の欲望

1

（本当にこの僕に、女性の無意識を呼び起こしてコントロールする力が……）

アパートに戻った美男は、まだ信じられない思いであれこれ思いながら、春恵との行為を一つ一つ振り返って股間を熱くさせた。

しかし、確かに三十歳にして、今まで秘められた能力が目覚めたようで、その証拠に清らかな尼僧が肉体を開いたのである。

今朝は早起きしたのでまた寝ようかとも思ったが、すっかり目は冴えていた。

それに昨夜は早く休んだし、まだ興奮が残って寝るのが勿体なかった。

アパートは、二階建ての一階隅だ。六畳一間に狭いキッチンにバストイレ、万年床に机と本棚、小型テレビに冷蔵庫に電子レンジ、ドア脇の通路に洗濯機がある。学生時代から、もう十二年もこの部屋で暮らしてオナニーに明け暮れ、帰省も年に数回だけだった。

あれから怜香からのＬＩＮＥはない。恐らく帰宅したら春恵が、何かうまく言いくるめたのだろう。

美男は冷凍ピラフで昼食を終えると、歯磨きとシャワーを済ませてアパートを出た。そして自転車で大学へ出向いたのである。

学生たちは夏休みだが、職員は何かと顔を出さないといけない。

大学までは、自転車で十分足らずの近さだ。

もう素人童貞ではないのだと思うと心が浮かれ、肥満した身体もペダルも軽かった。

やがて大学に着いた美男は駐車場の隅に自転車を置くと、日頃から自分が屯(たむろ)している哲学サークルの研究室ではなく、校舎の脇を通り抜けた。

途中で、美男はグランドに向かっている猿田と川津に行き合った。どうやら友人の出るサッカーの試合でも見に来たようだ。

「先生、昨日はお世話になりました」

「おお、ちゃんと働いたか、悟空に悟浄」

「なんすか、それ。ええ、多めのバイト料をもらいました。先生はいきなり帰されて驚きましたけど」

「ああ、尼寺に男を入れるのは二人までと決まっていたらしいんだ」

美男が言うと、二人も何となく納得したように頷き、やがて一礼してグランドの方へ歩いて行った。

美男も彼らと別れ、教会の方へと向かった。

敷地の一角に教会があり、その横がシスターである真理亜の寄宿舎、その裏に怜香も住んでいる女子寮があった。

もちろん女子寮には限りがあるので、抽選で当たった女子の他はみな近くの住まいから通学している。

しかし寮は敬虔なカトリックでなくても、抽選に当たって厳しい規則が守れるなら、尼寺の娘でも入寮できるのだ。

真理亜は女子寮の寮長も務め、大変に戒律に厳しいと怜香が言っていた。

大学は男女共学だが、もちろん女子寮は男子禁制である。

彼は真っ直ぐに、真理亜のいる寄宿舎へと行った。

そう、彼は春恵の双子の妹である真理亜に会い、自身の力を試してみたいと思ったのである。

寄宿舎の中に入ると、ミーティングルームや聖書などの置かれた書庫があり、その奥に真理亜の私室があった。

軽く三度ノックすると、返事があってドアが開かれ、真理亜が顔を見せた。

「あ……！」

彼女は美男を見るなり目を丸くして声を洩らし、すぐにバタンとドアを閉めてしまった。

「お帰り下さい」

「い、いえ、その、昨日お寺のお姉さんに会ったので少しお話をと……」

取り付く島のない様子だが、美男は懸命に彼女の無意識を操るよう気を込めながら答えた。

すると真理亜は、ドアの後ろで少し考えてから、ようやく再び開けてくれた。

「どうぞ。少しだけなら……」

言われて、美男も恐る恐る中に入った。

中はそれほど広くなく、ノートパソコンの置かれた机に本棚、奥にはベッドがあるだけの質素な部屋だが、さすがに甘ったるい匂いが立ち籠めていた。

真理亜は、ドアを内側からロックして近づき、彼に椅子をすすめて自分は立ったままだ。すぐに帰ってくれという風情である。

「ドアは開けたままでなくてよいのですか。男女が同じ部屋にいるのに」

「構いません。あなたが来たことは内緒にしたいのです」

真理亜が硬い表情で言う。

かぶった黒いベールは額の部分だけ白く、僧衣も黒だが肩と胸元だけ白。同じ白と黒のコントラストだが、当然ながら尼僧とは全く雰囲気が違う。

顔立ちは春恵そっくりだから、すぐにも落ちそうな気がするが、色白の頬にある淡いソバカスが姉との違いである。

子持ちの春恵と違い、真理亜は学生時代からこの女子寮に住み、四十歳を目前にしながら、あるいは処女かも知れない。洗礼名はテレジア。

「昨日、姉に会ったのですか。何時頃」

もちろんスッピンだが、切れ長の眼差しの睫毛が長く唇も自然に赤かった。

「夕方、四時近かったでしょうか」

「それで納得しました。いま一目見て、あなたを拒んだ理由が」

真理亜が、彼をきつく睨みながら言った。

「どういうことです？」

「その時間、私はお祈りの最中でしたが、急に妙な気分になり、何も手につかなかったのです。その頃、姉を抱いたのですね」

真理亜が言う。どうやら双子は、場所や宗派が違っていても感覚が通じ合えるようだった。

「そ、そんなことお答えできません……」

「ああ、やはりしたのですね……」

彼が言うと、真理亜は嘆息混じりに答えた。

「む、無理やりじゃありません。僕は見た通り、度胸もないシャイでモテないデブですので……」

「そんなことは分かっております」

分かってるのかい、と突っ込みたかったが黙っていると、

「姉が嫌がっていたのなら、感覚で分かります」

真理亜が言い、どうやら双子は不思議なテレパシーで繋がっているようだ。

とにかく美男は、優しい春恵とは打って変わって冷たい表情の真理亜に欲情し、痛いほど股間を突っ張らせてしまった。

何しろ昨日素人童貞を捨て、何となく女性が攻略できるような自信がつきはじめているのだ。

だから彼は必死に内心で、真理亜の抑圧された欲望を表へ出すよう念じた。

「それで、何のご用です」

「真理亜さんも、もしかして、お姉さんと同じく大きな欲求を抱えているのではないかと思いまして」

冷ややかに言う真理亜に、美男は大いなる期待を込めて言った。

彼女のきつい眼差しは眩しく、それは姉に手を出した男への憎悪とも受け取れるが、どこか誘惑されまいと身構えるための拒否反応にも思えた。

「それで私も慰めてやろうと思って来たのですか」

「そうです」

「出ていって下さい」

真理亜が声を硬くして言い、ドアの方へ進んだ。

「昨日の同じ時刻、気持ち良かったのですね。あるいはご自分でアソコを」

美男が言うと、彼女がビクリと動きを止めて硬直した。

どうやら図星だったらしい。いかに戒律に縛られていても、身の内から湧き上がる歳相応の欲求だけはどうにもならないのだろう。

おそらく堪えきれない快楽に見舞われ、教会での祈りを中止してこの私室に戻り、自分で慰めてしまったのではないか。

「ご自分の指より、僕がお舐めした方がずっと気持ち良いですよ」

美男は、いっぱしの手練れのように言ってのけたが、その内心は緊張と興奮でいっぱいだった。

何しろ真理亜が大学当局に訴え出たら、美男はクビになるかも知れないのである。

しかし実際、彼女からは濃厚に甘ったるい匂いが漂いはじめていた。

色白の頬もいつしか紅潮し、心なしか息遣いも熱くなっているようだ。

「ご自身でいじったのですね？　昨日だけでなく、前からも。確かシスターは嘘はつけない決まりですよね？」

「お、お答えできません。黙っているのと嘘は違います」

真理亜は可哀想なほど動揺し、息を弾ませて嫌々をした。

もう彼も、今までのシャイな自分を脱却し、ここまで自分を失いかけている真理亜を何とか攻略しようと思った。

そう、今までは、どうせ自分なんかと思い込んで、もうひと押しが足りなかったのだろう。

とにかく美男は立ち上がって彼女の正面に立ち、その肩をそっと抱いた。

2

「さあ、ベッドへ行きましょう。神様が人を作ったのなら、その欲求も快楽も神様が望んだものです。我慢するだけが御心に沿うわけではないでしょう」

美男は、昨日は尼僧、今日はシスター、しかも双子の姉妹ということで激しい興奮に見舞われて言い、そっと彼女をベッドの方へ押しやった。

すると真理亜も、次第に朦朧としてきたように、濃厚に甘ったるい匂いを漂わせながらフラフラと従った。

せっかく四十歳近くまで守り通したものを散らすのは酷かも知れないが、快楽を知らずに一生を全うする方がずっと残酷に思えた。

「じゃ脱ぎましょう。全部」

ベッドまで来ると彼は言い、真理亜のベールに手をかけた。

「待って……」

すると彼女が言い、首にかけたロザリオを外して恭しく机に置いた。

そして、あとはスイッチが切り替わったように僧衣を脱ぎはじめたのである。

やはり彼女の欲求を抑えつけていたのは、その十字架だったようだ。

美男も安心して手早く服を脱ぎ、先に全裸になると彼女のベッドに横になって眺めた。

幸い、女子寮は全員帰省していて、急に相談に来るような女子はいないだろう。

枕には、悩ましい濃厚な匂いが沁み付いていた。髪の匂いや汗、涎まで含まれていそうである。それだけ、女神のような真理亜も生身の女性であることが分かった。

真理亜がベールを脱ぐと、短髪の頭が現れた。

春恵のように完全な剃髪はしていないが、清貧を旨とするため、髪を洗う水の節約に髪を短くするのが常らしい。見た目は、刈り上げに近いショートカットであった。

僧衣は、肩を覆う白い部分にボタンがあり、それを外すと黒いワンピースを頭からスッポリと脱いだ。

下はスリップに似た肌着で、彼女はベッドに腰を下ろし、ブーツのような黒い革靴を脱ぎ、靴下も脱ぎ去った。

その間、さらに甘ったるい匂いが生ぬるく揺らめいている。

再び真理亜は立ち上がり、肌着を脱ぎ去ると、姉に似て豊かな乳房が弾けるように露わになった。

最後の一枚は、大きめのショーツである。

それも彼女はためらいなく下ろすと、一糸まとわぬ姿でベッドに上ってきた。

「先に、見せて下さい」

すると真理亜が言い、仰向けになった美男の股間に熱い視線を注いできたのである。

最初は受け身一辺倒で合掌していた春恵と違い、真理亜は自分を縛る戒律までかなぐり捨てたように、積極的に迫ってきたのだ。

「どうぞ、お好きに……」

美男が興奮と羞恥に身を震わせて答えると、彼女は股間に顔を寄せてきた。

「これが、男のもの……、何と嫌らしい形……」

真理江は触れんばかりに迫って呟き、彼は裏筋に熱い視線と息を受けてヒクヒクと幹を震わせた。

「動いている。何と醜い、別の生き物のよう……」

彼女は言い、そっと幹に触れてきた。どうやら全裸になると、今まで抑えつけていた全ての好奇心が、美男の力により解放され、ためらいがなくなってきたようだった。

ぎこちない触れ方に彼は息を弾ませ、清らかな尼僧に触れられたのと同じぐらいに畏(おそ)れ多い興奮と快感を得た。

「先っぽが濡れてきました。これがザーメンですか」

「それは先走りのカウパー腺液と言って、感じたときに濡れる女性の愛液と同じものです。実際のザーメンは白く、勢いよく飛ぶのです」

「そう……」

大股開きになって彼が答えると真理亜は小さく頷き、なおも張り詰めた亀頭をいじり、陰嚢に触れて二つの睾丸を確認し、袋をつまみ上げて肛門の方まで覗き込んできた。

どうやら双子でも姉の春恵より、真理亜の本質はずっと好奇心が旺盛で物怖じしないようだった。

「ど、どうか、しゃぶって下さいませ……」

美男は、春恵そっくりな全裸のシスターにせがみ、先端から粘液を滲ませた。

すると真理亜も顔を進め、舌を伸ばして裏筋をそっと舐め、濡れた尿道口をチロリと舌で探った。

不味くはなかったか、次第にチロチロと舌を動かし、張り詰めた亀頭もくわえて吸い付き、熱い息を股間に籠もらせながら舌をからめてきた。

「ああ、もっと深く……」

彼が言うと、真理亜も丸く開いた口でスッポリと呑み込んでくれた。

先端がヌルッとした喉の奥に触れると、彼女は幹を締め付け、彼自身を温かく濡れた清らかな口腔に包んだ。

本当にキスも知らない処女なら、初めて口で触れたのがペニスという、彼女にとっては非常に恐ろしい行為をしていることになる。

「お口が疲れます……」

やがて真理亜が口を離して言ったので、彼は手を引いて横たえた。

そして美男は入れ替わりに身を起こし、全裸の美女を見下ろした。

「ああ……」

すると、受け身になった真理亜は急に羞恥を覚えたように声を震わせ、手で乳房と股間を隠した。

彼は例により肝心な部分はあとにし、まず屈み込んで真理亜の足裏に迫った。舌を這わせ、形良い指の間に鼻を割り込ませて嗅ぐと、

「アアッ……」

真理亜がか細く声を洩らし、白い熟れ肌を息づかせた。

指の股には、やはり汗と脂が生ぬるくジットリと湿り、蒸れた匂いが濃厚に沁み付いていた。

充分に胸を満たしてから爪先にしゃぶり付き、両足とも全ての指の股に舌を挿し入れて味と匂いを貪り尽くした。

「あう……、汚いのに……」

真理亜が朦朧となりながら呻き、彼の口の中で唾液に濡れた足指を縮めた。

やがて彼は美熟女のシスターを大股開きにさせ、滑らかな脚の内側を舐め上げていった。

やはり春恵のように無駄毛のケアをすることもなく、脛にはまばらな体毛があり、彼は白くムッチリとした内腿にも舌を這わせていった。

春恵ほど豊満ではないが、真理亜もそれなりに熟れた肉づきがあり、実に吸い付くような肌をしていた。

内腿をたどって中心部に迫っていくと、

「は、恥ずかしい……」

真理亜が股間を隠して声を震わせたが、美男は、その手を握ってやんわりと引き離した。すると楚々とした茂みがふんわりと煙り、彼は濡れはじめている割れ目に迫った。

さすがに双子でも、子持ちの春恵とは趣（おもむき）が違い、実に初々しく小振りの陰唇が僅かにはみ出しているだけだった。

そっと指を当てて左右に広げると、どうやら無垢らしい膣口が花弁状の襞を入り組ませてひっそり息づいていた。しかし包皮を押し上げるようにツンと突き立ったクリトリスは、春恵より大きめで、男の亀頭をミニチュアにしたような形で鈍い光沢を放っていた。

あるいは、オナニーにより肥大したのではないだろうか。

「ああ……、見ないで……」

彼の視線と息を感じ、真理亜が両手で顔を覆い声を震わせた。

「自分でいじるのは、クリトリスだけですか？」

美男は、シスターの股間に籠もる熱気と湿り気を感じながら訊いた。

「膣には、何か入れたことはありますか」

「ゆ、指を……」

重ねて訊くと、真理亜が正直に答えた。

それなら、処女でも挿入による快感は多少なりとも知っているようだ。さすがに器具などは使用したことがないだろうが、指二本ぐらいのオナニーはしていることだろう。

「舐めてって言って下さい」

「い、言えません……」

股間から言うと、真理亜は身を強ばらせて嫌々をした。

「でも、すごく気持ちいいですよ。自分の指よりもずっと」

陰唇を広げながら言うと、息づく膣口の潤いが増してきたが、彼女は顔を覆ったまま答えずに埒があかない。

もう我慢できずに美男は真理亜の股間に顔を埋め込み、柔らかな茂みに鼻を擦りつけて嗅いだ。隅々には、生ぬるく蒸れた汗とオシッコの匂いが混じって籠もり、悩ましく鼻腔が刺激された。

「いい匂い」

彼は鼻を鳴らして言いながら、舌を挿し入れ、淡い酸味の愛液に濡れた膣口を掻き回し、味わうようにゆっくりクリトリスまで舐め上げていった。

3

「アアッ……、ダメ……！」

真理亜がビクッと身を反らせて硬直し、内腿でムッチリときつく美男の顔を挟み付けてきた。

彼も蒸れた体臭に酔いしれながら舌先でチロチロとクリトリスを刺激しては、泉のように溢れる愛液をすすった。

彼女は顔を覆いながら熱い息遣いを繰り返し、白い下腹をヒクヒク波打たせては、彼の両頬を挟む内腿に力を込めていた。

味と匂いを堪能すると、さらに彼は真理亜の両脚を浮かせ、白く丸い尻に迫った。谷間にひっそり閉じられたピンクの蕾は、春恵とは違いレモンの先のように僅かに突き出た艶めかしい形をしていた。

蕾は乳頭状の小さな突起が上下左右にあり、椿の花びらのように光沢を放って息づき、いったい誰が清楚なシスターの肛門がこのような形だと想像することだろうか。

蕾に鼻を密着させると、顔中に双丘の弾力が感じられ、蒸れて籠もる匂いが鼻腔を搔き回してきた。

美男は匂いを貪ってから舌を這わせ、ヌルッと潜り込ませて滑らかな粘膜を探ると、

「く……！」

真理亜が呻き、キュッときつく肛門で舌先を締め付けてきた。

中で舌を蠢かせると、粘膜は甘苦い微妙な味わいがあり、鼻先の割れ目からは白っぽく濁った愛液がトロトロと溢れてきた。

彼女がこんなにも濡れることを、世間の誰も知らないだろう。

やがて舌を引っ込め、彼は脚を下ろして再び割れ目を舐め回した。

大量のヌメリをすすり、再び恥毛に籠もる匂いを貪りながらクリトリスに吸い付くと、

「アア……、やめて、変になりそう……」

真理亜が顔を仰け反らせ、ヒクヒクと身を震わせて哀願するように言った。

あるいは、激しい絶頂の波が押し寄せているのかも知れない。

美男も我慢できなくなり、舌を引っ込めて身を起こすと股間を進めていった。

幹に指を添え、張り詰めている先端を割れ目に擦り付け、ヌメリを与えながら位置を定めた。

そしてグイッと押し込むと亀頭が潜り込み、あとはヌルヌルッと滑らかに根元まで吸い込まれていった。

「あう……！」

真理亜が眉をひそめて呻き、キュッときつく締め付けてきた。

美男も肉襞の摩擦と温もり、春恵よりきつい締め付けを感じながら股間を密着させ、脚を伸ばして身を重ねていった。

「痛いですか」

囁くと、彼女は奥歯を噛み締めて小さくかぶりを振った。

いかに処女でも、さすがに三十九歳ともなり、指による挿入オナニーもしているのだから破瓜の痛みよりは、とうとう男としてしまったという思いの方が強いのだろう。

美男は股間を密着させ、温もりと感触を味わいながらまだ動かず、屈み込んでチュッと乳首に吸い付いた。

顔中で膨らみを味わいながら舌で転がし、左右とも交互に含んだが、真理亜の全神経は股間に集中しているようで乳首の反応はなかった。

両の乳首を味わい、彼は麻利亜の腕を差し上げ、腋の下にも鼻を埋め込んだ。

すると、そこには春恵のように柔らかな腋毛が煙り、生ぬるく甘ったるい汗の匂いを籠もらせていたのだ。

東西の尼僧は、どちらも色っぽい腋毛を生やしていることを知り、美男は興奮を高めながら濃い匂いを貪って胸を満たした。

さらに彼は白い首筋を舐め上げ、上からピッタリと唇を重ねていった。

舌を挿し入れ、滑らかな歯並びを舐めると、やはり真理亜も歯を開いて侵入を受け入れてくれた。

彼は舌をからませ、生温かな唾液に濡れて滑らかに蠢く舌を味わった。

「ンンッ……」

真理亜が熱く呻くと、鼻息が彼の鼻腔を心地よく湿らせた。

じっとしていても膣内の収縮と締め付けが幹を刺激し、堪らずに彼が徐々に腰を突き動かしはじめると、

「アアッ……！」

真理亜が口を離して喘ぎ、いつしか下から激しく両手でしがみついていた。

シスターの口から熱く洩れる吐息は、やはり春恵のように濃厚な白粉臭を含んで、彼の鼻腔を悩ましく刺激してきた。

双子でも、食事や生活が違うと微妙に匂いも異なるのか、やはり真理亜の吐息は洋風の成分が含まれている気がした。

美男が次第にリズミカルに律動を開始すると、膣内の収縮と潤いが格段に増し、ピチャクチャと湿った摩擦音が聞こえてきた。

「ああ、い、嫌らしい音……」

真理亜が喘いで言う。オナニーしているときのぬめった音よりも、さらに淫らな響きなのだろう。そして彼女もズンズンと股間を突き上げはじめ、確実に絶頂に突き進んでいるようだった。

美男も春恵のときの女上位と違い、正常位だと自由に動け、危うくなると動きを弱めたりして調整が効くことを学んだ。

遠慮なく体重を預けて股間をぶつけるように動かすと、胸の下で押し潰れた乳房が心地よく弾み、コリコリする恥骨の膨らみも伝わってきた。

そして少しでも長く持たせて味わおうという彼も、摩擦快感と真理亜の吐息の匂いで激しく高まってしまった。

「ああ、気持ちいい、いきそう……」

美男は口走り、そのまま我慢せず昇り詰めてしまった。

思えば今日は、朝一番で春恵の口に射精して飲んでもらい、昼過ぎにはその妹の処女を奪っているのである。

神も仏も恐れぬ所行ではあるが、決して無理やりしているわけではない。

彼の特殊能力に操られているにしろ、二人とも無意識の願望を叶えているのである。

「く……！」

美男は絶頂の快感に呻きながら、熱い大量のザーメンをドクンドクンと勢いよく柔肉の奥にほとばしらせてしまった。

「あう……、か、感じる……！」
するとオナニーと噴出を受け止めた途端に真理亜が呻き、ガクガクと腰を跳ね上げ、狂おしい痙攣を開始したのだった。

どうやら本格的なオルガスムスに達してしまい、その快感は指によるオナニーの比ではなかっただろう。

真理亜は下から必死にしがみつきながら、初めて得る快感に震え、きつく締め付け続けた。美男も、潤いと締まりの良さで押し出されそうになるのを懸命に堪えながら律動し、心ゆくまで快感を嚙み締めて、最後の一滴まで出し尽くしていった。

ようやく満足しながら徐々に動きを止め、力を抜いて遠慮なく体重を預けていくと、

「ああ……」

真理亜も精根尽き果てたように声を洩らし、熟れ肌の硬直を解きながらグッタリと身を投げ出していった。

互いに動きが止まっても、膣内は戦くような収縮がキュッキュッと続き、刺激された幹が内部でヒクヒクと過敏に跳ね上がった。

のしかかりながら彼女の喘ぐ口に鼻を押し込み、熱くかぐわしい吐息を嗅ぎながら余韻に浸っていたが、

「も、もうダメ、離れて……」

真理亜が言って身をよじったので、仕方なく美男も股間を引き離した。

あるいは遠く離れた春恵も、双子のオルガスムスに感応し、果てているのではないだろうか。

股を開いて割れ目を覗き込むと、小振りの陰唇が痛々しくめくれていたが、膣口から逆流するザーメンにはかの血は混じっていない。やはり年齢が年齢だから出血は免れたのだろうか。

すると呼吸を整えた真理亜が、懸命に身を起こしてきた。

「大丈夫ですか……」

「シャワーを……、まだ中に何か入っているみたい……」

支えてやると彼女が言い、一緒にベッドを降りた。

奥に小さな洗面所とユニットバスがあり、二人は中に入った。

洗い場には便器があるので、一緒にバスタブに入り、身を寄せ合ってシャワーを浴びた。

るのだ。
この美しく熟れたシスターは、日頃からここで身を清め、大小の排泄をしてい
湯に濡れた肌を見るうち、また彼自身はすぐにもムクムクと回復していった。
そこで彼は股間を流してから空のバスタブの中に座り込み、真理亜を目の前の
バスタブのふちに跨がらせ、脚をM字にさせてしゃがませたのだった。

4

「アア……、何をさせるの……」

「オシッコして下さい。出るところを見たいので」

真理亜が声を震わせて言うと、美男は真下に座って処女を失ったばかりの股間
を仰ぎ、彼女の尻を支えながら答えた。

「そ、そんなこと無理です……」

「清らかなシスターでも出すのかどうか知りたいのです。すぐに流しますから」

美男はせがみながら股間に鼻と口を埋め込み、舌を挿し入れて執拗に柔肉を舐
め回した。

匂いの大部分は薄れてしまったが、それでも新たな愛液が湧き出し、すぐにも舌の動きがヌラヌラと滑らかになった。

「アアッ……、ダメ……」

「ほんの少しで良いので」

嫌々をする真理亜を支え、美男は執拗に言いながら舌を這わせた。

すると尿意が高まっていたのか、それとも決してしてはいけない事への好奇心が湧いたか、いつしか真理亜は新たな興奮に包まれたように、息を詰めて懸命に下腹に力を入れはじめていた。

いったん初体験をしてしまうと、次から次へと無意識の好奇心に突き動かされて、禁断の行為であればあるほど彼女を魅了しはじめたのかも知れない。

たちまち奥の柔肉が迫り出すように盛り上がり、味わいと温もりが変化したと思ったら、

「あう、出る……」

真理亜が息を詰めて短く言うなり、チョロチョロと熱い流れがほとばしってきた。それを舌に受けて味わうと、匂いも味も実に淡く清らかで、彼は抵抗なく喉に流し込むことが出来た。

「ああ……、信じられないわ、こんなこと……」

真理亜が声を震わせ、彼の口に泡立つ音と嚥下する音を聞きながらガクガクと膝を震わせ、今にも跨いでいるバスタブのふちから落ちそうになった。

それを支えながら、彼は口に受け止め続けた。

否応なく勢いが増すと、溢れた分が温かく胸から腹に伝い流れ、完全に勃起したペニスが心地よく浸された。

しかしピークを過ぎると急激に勢いが衰えて、間もなく流れは治まってしまった。美男は股間に顔を埋めて残り香の中で余りの雫をすすり、舌を潜り込ませて掻き回した。

すると新たな愛液が溢れ、残尿の味わいが洗い流されて淡い酸味のヌメリが満ちていった。

「も、もうダメ……」

真理亜が言って脚を下ろし、バスタブの中に入ると、もう一度シャワーの湯で互いの全身を洗い流した。

そして身体を拭き、全裸のまま二人でベッドに戻ると、彼女も回復しているペニスに気づいて目を凝らしてきた。

「もうこんなに……、誰もがすぐこうなるものなのですか……」

「それは、美しい人が裸で目の前にいるのですから」

美男は仰向けになり、ことさら突き出すようにして幹を上下させた。

「どうか、またお口でして下さいませ。あ、せめてベールだけでもかぶってくれますか」

彼が言うと、さらに真理亜は背徳の衝動に突き動かされたのか、ベールだけかぶって短髪の頭を覆った。それだけで、いかにもシスターを相手にしているのだという悦びが増した。

やがて彼女が大股開きにした美男の股間に腹這いになってきたので、彼は両脚を浮かせて抱えた。

「ここも、どうか舐めて下さい」

肛門を収縮させてせがむと、真理亜も顔を寄せて舌を伸ばし、チロチロと舐め回してくれた。

「あう、中まで……」

さらに言うと、真理亜も自分がされたようにヌルッと舌先を潜り込ませ、蠢かせて粘膜を探ってくれた。

「アア、気持ちいい……」

美男は恐ろしいほどの快感に包まれて喘ぎ、モグモグと味わうようにシスターの舌先を肛門で締め付けた。

あまり長いと申し訳ない気持ちになり、彼は脚を下ろして陰嚢を指した。

「どうか、ここも……」

言うと真理亜は陰嚢を舐め回し、熱い息を籠もらせながら袋を生温かな唾液に濡らしてくれた。そして彼女は自分から前進し、自分の処女を奪った肉棒の裏側を舐め上げ、粘液の滲む尿道口を探り、丸く開いた口でスッポリと呑み込んでいった。

根元まで呑み込んで舌をからめ、幹を締め付けて貪欲に吸った。

「ああ……」

美男は快感に喘ぎ、股間を見るとさっきとは違いベールをかぶった美女が夢中でおしゃぶりしているのだ。小刻みにズンズンと股間を突き上げ、このまま射精して清らかな口を汚したい衝動に駆られた。

しかし、真理亜はスポンと口を離し、顔を上げたのだ。

「もう一度入れていい？　今度は私が上から」

興奮に頰を紅潮させて言うので、彼も夢中で頷いていた。

「ど、どうぞ……」

答えると彼女はすぐに身を起こして前進し、美男の股間に跨がってきた。

やはり真理亜は受け身になって羞恥と戦うより、自分から積極的にあれこれ試したいタイプのようだった。

濡れた割れ目を先端に押し当て、息を詰めて腰を沈み込ませると、彼自身はヌルヌルッと滑らかに熱く濡れた肉壺に吞み込まれていった。

「アアッ……！」

ぺたりと座り込んだ真理亜が、顔を仰け反らせ、ベールを揺らして喘いだ。

やはりさっきは破瓜の痛みなどなく、もう一度挿入したいと思うぐらいだから心地よかったのだろう。

美男も股間に重みと温もり、尻の丸みを感じながら快感を嚙み締めた。

さっき射精したばかりだから、今度はすぐ暴発するような心配もない。

彼は両手を回して真理亜を抱き寄せ、両膝を立てて蠢く尻を支えた。

彼女も身を重ね、美男の胸に柔らかな乳房を密着させてきた。そして近々と顔を寄せ、自分の処女を散らした男を見下ろした。

「まさか、してしまうなんて……、あなたは悪魔なの……？」

「そうかもしれないです。ね、思い切り唾を吐きかけて」

彼は答え、恥ずかしい要求に膣内のペニスをヒクヒクと震わせた。

「出来ないわ、そんなこと……」

「真理亜様が、他の人に絶対しないことを、僕だけにしてほしいんです」

「もう、他の人に出来ないことを山ほどしているわ……」

真理亜は言ったが、美男が彼女の無意識に働きかけるよう念じると、

「こう？」

言うなり彼女は唇に唾液を溜めて息を吸い込み、思い切りペッと吐きかけてくれたのだった。

「ああ……、気持ちいい……、もっと……」

美男がせがむと、さらに彼女は甘い吐息とともに強く吐きかけ、生温かな唾液の固まりがピチャッと鼻筋を濡らし、頬の丸みをとろりと伝い流れてほのかな匂いが漂った。

「アア、こんなことをさせるなんて……」

真理亜が熱く喘ぎ、無意識に腰を動かしはじめていった。

最初はぎこちなかったが、次第にリズミカルに律動し、内部に心地よい部分があるのか、そこばかり集中的に先端を擦り付けた。

美男も下からしがみつきながらズンズンと股間を突き上げ、何とも心地よい摩擦に包まれた。

「い、いい気持ち……」

真理亜が正直に声を洩らし、愛液の量を大洪水にさせた。

そして彼は下から舌をからめては清らかな唾液をすすり、美女の口に鼻を押し込んで、かぐわしい吐息で胸をいっぱいに満たしながら、また絶頂を迫らせてしまったのだった。

しかし、先に真理亜の方がガクガクと狂おしい痙攣を開始した。

「あう、また……、すごいわ、アアーッ……！」

押し寄せる快楽の波に身悶え、彼女はさっきより大きなオルガスムスに包まれたようだった。

「い、いっくっく……！」

美男も肉襞の摩擦と締め付けで揉みくちゃにされながら呻き、大きな快感に全身を貫かれてしまった。

ありったけの熱いザーメンがドクンドクンと内部にほとばしると、

「あうう、出ているのね……」

熱いほとばしりを感じた真理亜が、駄目押しの快感を得たように呻き、さらにきつく締め上げてきた。

美男は心置きなく最後の一滴まで出し尽くし、すっかり満足しながら突き上げを弱めていった。

「ああ……、溶けてしまいそう……」

彼女も満足げに声を洩らすと強ばりを解き、グッタリともたれかかってきた。

美男は美女の重みと温もりを受け止め、過敏に幹を震わせながら、真理亜の吐息を嗅いで余韻に浸り込んだ。

しかし、果ててしまうと彼女はそれ以上の刺激がうるさいのか、息を弾ませながら自分から股間を引き離してしまった。

そして彼の股間に顔を寄せて嗅ぎ、

「これがザーメン？　生臭いわ……」

尿道口から滲む白濁の雫をチロチロと舐め取ってくれた。

「く……、も、もういいです、有難う……」

美男はクネクネと腰をよじらせて言い、過敏になった幹を震わせながら降参した。やがて真理亜も舌を引っ込めて添い寝してくれ、後悔している様子もないので彼は安心したのだった。

5

（あれ？　あいつらじゃないか……）

真理亜と別れて大学からの帰り道、美男は自転車で公園脇を通過するとき、中にいる猿田と川津の姿を見つけた。

もうサッカーの試合は終わったようで、これから帰るところなのだろう。

だがその二人は、レスラーのように大柄な二人の不良にからまれているようなのだ。

公衆トイレの陰に追い詰められ、恐らく二人は金をせびられているのだろう。

美男は、相手の無意識を操る力が男にも通用するかどうか試してみたくなり、降りた自転車を押して公園に入った。

もし効かなかったら、一万円でも出して引き取ってもらえば良いと思った。

「おい、どうした」

自転車のスタンドを立てて声をかけると、青ざめていた猿田と川津が美男に目を向けた。

すると、不良の二人も振り返って美男を睨んだ。どちらも二十代半ばか、ろくに働きもせず遊び回っている派手な服装に、頭の悪そうな顔だ。

「何だ、手めえもこいつらの仲間か。ちょうどいい、金を出せよ。こいつらろくに持ってねえんだ」

二人が凄んで言うのも無理はなく、美男は誰より弱そうな色白のデブだ。

しかし美男は、二人の無意識の領域に見えない触手を伸ばしてみた。

「う……！」

すると二人はビクリと身じろぎ、いきなり急所でも摑まれたように硬直したのである。

(この分なら、大丈夫かも知れないな……)

美男は思い、二人に対峙した。

「ケンカがしたいんならお前ら二人だけでやれ。思い切り頭突きをし合うんだ。気を失うまでな」

美男が言うと、二人は見る見るうつろな眼差しになると、互いの胸ぐらを摑むなり、渾身の勢いで額をぶつけ合った。

やはり人間の心には、相手を傷つけたいのと、傷つけられたい両極の衝動が眠っている。その内在するSとMに働きかけられ、たちまち二人は無意識に頭をぶつけ合ったのだろう。

「そうだ、それでいい。倒れるまで続けろ」

美男が言うと、二人はゴツンゴツンと頭突きをし合い、間もなく額が切れて血を流しながら両膝を突いた。

「さあ、放っておいて行こう」

美男が言って自転車を引くと、猿田と川津も慌てて従い、一緒に公園を出て来た。そして恐る恐る振り返ると、二人は公衆トイレの裏で倒れ、ヒクヒクと痙攣していた。

「せ、先生、すごいじゃないですか。あんな強そうな奴らを言いなりにさせるなんて……」

猿田が言い、二人とも見直したように美男を見つめた。

「ああ、大したことはない。それより何も盗られなかったか」

「ええ、大丈夫でした」

彼が言うと、二人はまだ興奮覚めやらぬように答え、やがて駅前まで来た。

「じゃ、自転車で帰るからな、お前らも気をつけて帰れ」

「はい、有難うございました！」

美男が自転車に跨がって言うと、二人も最敬礼をして答え、駅へと入って行った。それを見送り、彼はアパートへ戻った。

（この力を、どう生かしたらいいのかな……）

美男は、コーヒーを淹れながら思った。

とにかく、相手の無意識に働きかければ、どんなことでも叶ってしまう。落ちない女性はいないだろうし、金持ちには寄付をしたくなる衝動を与えれば金がもらえるだろう。

悪人には死の衝動を与えれば自滅するし、大学の教授会にでも諮れば美男だって難なく准教授や教授になれるに違いなかった。

おそらく美男の特殊能力は、古今東西の権力者たちが、みな欲しかった力であろう。

それが、春恵がきっかけだったのか、彼が自然に目覚めたのかは分からない。

（末那識か……）

自分の意識ではどうにもならない、意識以上に広く強大な無意識の世界。

この力をどう生かしていくか、これからゆっくり考えようと思った。

しかし、もともと美男には大した欲はない。普通に生活できる金があれば良いし、免許もないから車も要らないし、音楽を聴く趣味もないし、インドア派だから旅行にも興味はなかった。

最も強い願望は、性欲の解消だけである。

ならば女優やアイドルだって落ちるだろうが、わざわざ出向くのも面倒で、それなら身近にいる美女だけで充分だった。

どんなに彼を嫌っている女性でも、無意識の中では、こんな男に抱かれたらどうなるかという想像は働くだろう。そもそも嫌いという意識がある以上、その反対側の気持ちも内在しているのだ。

それほど人の心の奥にある無意識の世界とは、自分の力ではどうにもならないのである。

美男は熱いコーヒーをすすり、春恵と真理亜の双子姉妹を思い出した。

（それにしても……）

未だに自分でも信じられないことだが、昨日と今日で、尼僧とシスターの超美熟女を攻略してしまったのである。

あるいは、今までの鬱屈した素人童貞のパワーが、今回の秘められた力の開花に影響したのかも知れない。それならば、今まで恵まれずモテなかったことが良かったということになるだろう。

あと願いは、無垢な美少女、怜香だけである。

怜香も間もなく落とせるだろうが、母娘に姉妹という、高宮家だけの狭い範囲でのみ蠢くことになる。まあ、それだけ高宮家が、尼僧とシスターと美少女という粒ぞろいだったのだが。

とにかく今日の射精は充分なので、怜香にLINEするのは明日として、彼はまた冷凍物を解凍して夕食にした。

薄給なので普段はアルコールを嗜むたしな習慣はなく、たまの宴会などで少量付き合う程度だった。

すると、美男が夕食後の茶を飲んでいるとき、その怜香からのLINEが入ったのである。

「先生、明日あいてますか。お話ししたいことがあるので」

ＬＩＮＥの文章なので、表情も口調も伝わらない。まさか、春恵が美男と関係したことを知ったのではないだろうか。

そんな不安にも駆られたが、あの春恵がわざわざ娘にそんなことを言うはずもないと思った。

「明日は一日中あいてるよ」

「分かりました。じゃまた明日連絡しますね」

彼が答えると、怜香はそう返信してＬＩＮＥを切った。

（これは、自分から仕掛けなくても期待していいのかもしれないな……）

美男は思い、もちろん今日は充分満足しているので、明日に備えてオナニーもせず早めに寝ることにしたのだった。

そう、いくらでも女性が自由になるのなら、もうオナニーなど卒業しても良いのである。

結婚願望もないではないが、怜香もまだ若いし、自分も実家からせっつかれているわけではないので、今しばらくは自由な生活で良いだろう。

そんなことを思いながら美男は灯りを消し、シャツとトランクス姿で万年床に横になったのだった。

朝は春恵に口内発射し、午後は真理亜と正常位と女上位で射精したのだ。さすがに気怠い疲れもあり、たちまち彼は深い眠りに落ちていったのだった……。

そして翌朝、美男は六時前に目が覚めてしまい、起きて顔を洗うと朝食を済ませた。

トイレで大を終えて朝シャワーも浴び、朝のルーティンを一通り終えた頃、まだ七時半だというのに怜香からLINEが入った。

「もう起きてますか。近くにいるので、これから伺っていいですか」

早いな、と驚いたが美男も快く承知の返信をしたのだった。

第三章　好奇心に満ちて

1

「わあ、片付いてるんですね」

上がってきた怜香が、言いながら美男の室内を見回した。

彼女が美男のアパートに来るのは初めてだが、年賀状のやりとりで住所は知っている。

もちろん女性が入るのは初めてのことで、彼は室内に立ち籠めはじめた思春期の甘ったるい匂いに股間を熱くさせた。

「ずいぶん早いんだね」

彼は万年床に座り、怜香には椅子をすすめた。

「ええ、ゆうべはお姉さんの家に泊まったの」

「お姉さんて？」

「サークルで四年生の奈津美さん」

「ああ、彼女か。そういえば仲良かったね」

美男は奈津美を思い浮かべて言った。

麻生奈津美は、何と神社の娘で二十一歳。カトリック系の大学なのに、哲学サークルには尼寺と神社の娘が入っているのだ。

そして怜香は、奈津美に誘われて巫女のバイトもしているのである。怜香の、白い衣に朱色の袴の巫女姿は似合いそうだった。

「ゆうべ寝ながら、お姉さんといろいろお話ししました」

「そう、将来のこととか？　そもそも君はママを継いで得度するの？」

彼は言いながら、この笑窪の美少女がセミロングの髪を切り、剃髪した姿を想像して胸を高鳴らせてしまった。

「それとも、叔母様についてシスターに？」

彼女の、ベールと僧衣姿もなかなかに色っぽそうだった。

「いえ、まだ何も考えていません」

「まあ、まだ若いからね。いろいろ経験を積んで決めていくといいよ」

「ええ、それより、もっとすごいお話をしました」

「すごいって、どんな？」

訊くと怜香は、水蜜桃のような頬をほんのり染めて答えた。

「男女のことです。いろいろ聞きました。お姉さんは巫女をしているのに、もう処女じゃないんですよ」

「へえ、まあ四年生ともなれば、少しぐらい体験しているだろうね」

「高校生のときに初体験をして、彼と別れてからは大学でも、もう一人。でも彼も卒業して遠くへ行ったので自然消滅して、今は彼氏いない歴が半年だって」

「そう、それで男女がどういうことをするのか詳しく訊いたんだね？」

「ええ、それだけじゃなくて……」

やはり怜香はまだ完全無垢らしく、モジモジしながら言った。

「キスの練習をしようって言ったので、寝ながらお姉さんといろいろしちゃいました」

「え……」

美男は女同士のキスを想像し、とうとう痛いほど股間が突っ張ってきてしまった。してみると奈津美は両刀ぽい部分があり、幼い怜香も誘われるまま従ったようだ。

確かに奈津美は、妖しい雰囲気のある女子だ。神秘学が好きでクラスのカラーに染まらず、どこかに一人はいる不思議ちゃんといった感じである。

きっと彼氏のいない間に、お人形のように愛くるしい怜香に悪戯したくなったのだろう。

「それで、唇を重ねただけ？　ベロもからめた？」

「え、ええ、それにオッパイも、アソコも……」

「わあ、舐め合ってしまったの？」

美男は勃起しながら身を乗り出した。

「もう恥ずかしくて、わけが分からないうちに雲の上にいるように気持ち良くなってしまって……」

怜香が、クリトリス感覚の絶頂を思い出したようにモジモジと言った。

確かに、女同士の方がポイントを心得ていることだろう。

「それで、二人で終わってから、お姉さんに言われたんです」

「やっぱり男を知らないと成長しないから、好きな人がいたら初体験した方がいいって。それで、好きな人はいるかと訊かれたから、私は栗田先生って答えたんです」

「なんて？」

「うわ、僕でいいの……」

美男は歓喜に目の前がバラ色になった。

そういえば春恵が、怜香は年上の男に惹かれる傾向があり、美男への思いも脹らんでいると言っていたのだ。

「彼女、驚いていただろう。あんなのでいいのかって」

「いいえ、見る目があるって言ってくれました」

「本当？」

「他の軽い男子たちより、ずっといいって」

「そう、それは嬉しい……、それで今日ここに？」

「はい、どうか教えて下さい」

怜香が答え、椅子から降りて膝を突いた。

「私じゃ嫌ですか」

「い、嫌じゃないよ。すごく嬉しい」

美男は答えながら、これで姉妹丼と母娘丼になってしまうと思った。

「じゃ、とにかく脱ごうか」

もう我慢できず、美男は興奮と期待に息を弾ませて言った。

「はい、でもその前にシャワーをお借りしますね。ゆうべはお姉さんとのお話に夢中で、お風呂も入らなかったので」

「うわ、そのままでいいよ。僕はいま浴びたばかりだから綺麗だよ」

「そんな、昨日の出がけに軽くシャワー浴びたきりなのに……」

「大丈夫。さあ脱ごうね」

何が大丈夫か分からないが、美男は自分からTシャツと短パンを脱ぎ去り、最後の一枚も下ろして布団に横になった。

すると彼女もビクリと背を向け、とうとう意を決したようにブラウスを脱ぎはじめてくれたのである。

脱いでいくと、さらに生ぬるく甘ったるい思春期の匂いが立ち籠めていった。

ブラウスを脱いでブラの背中ホックを外すと、うっすらと汗ばんだ白い背中が現れた。

さらに彼女はソックスを脱ぎ、腰を浮かせてミニスカートを脱いだ。

そして最後の一枚を脱ぎ去り、愛らしく丸い尻を見せてから、胸を隠しながら横たわってきた。

「大丈夫？　嫌だったら言うんだよ」

上になって見下ろしながら囁くと、怜香が小さくこっくりして目を閉じた。

美男が彼女の両手を胸から引き離すと、形良い二つの膨らみが露わになり、甘ったるい匂いが立ち昇った。

春恵に似て巨乳になる兆しが窺えるが、薄桃色の乳首と乳輪は実に初々しい色合いで、淡く周囲の肌に溶け込んでいた。

もう我慢できずに屈み込み、チュッと乳首に吸い付いて舌で転がしながら、もう片方の膨らみを探った。

「あん……！」

怜香が声を上げ、ビクリと反応して肌を硬直させた。

もちろんまだ快感よりも、くすぐったい感覚の方が大きいだろう。

顔中を膨らみに押し付けると、柔らかさよりは硬い弾力が感じられた。

彼は左右の乳首を交互に含み、執拗に舐め回して体臭を味わった。

「アア……」

次第に怜香はクネクネと身悶え、間断なく熱い喘ぎを洩らしはじめた。

充分に両の乳首を味わうと、彼は怜香の腕を差し上げ、ジットリと生ぬるく湿った腋の下にも鼻を埋め込んで嗅いだ。

そこには甘ったるい汗の匂いが馥郁(ふくいく)と籠もり、彼は初めて腋毛のないスベスベの腋に舌を這わせた。

「あう、ダメ……」

怜香が息を詰めて呻き、くすぐったそうに身をよじった。

彼も胸いっぱいに美少女の体臭を嗅いで胸を満たしてから、滑らかな肌を舐め降りていった。

愛らしい縦長の臍を探り、ピンと張り詰めた下腹に顔を押し付けて弾力を味わい、もちろん股間を後回しにして、腰から脚を舐め下りた。

太腿はムチムチと健康的な張りを持ち、脛も実にスベスベの舌触りだった。

足首を摑んで足裏を舐め、縮こまった指の間に鼻を押し付けて嗅ぐと、ムレムレの匂いが濃く沁み付いて鼻腔が刺激された。

（ああ、無垢な美少女の足の匂い……）

美男は感激と興奮の中で思いながら、蒸れた匂いを貪った。

真理亜も処女だったが少女ではないので、やはり完全無垢という感激は怜香だからこそ味わえるのだ。

やがて彼は爪先にしゃぶり付き、彼は順々に舌を割り込ませ、両足とも汗と脂の湿り気を貪り尽くしていった。

2

「あう、ダメ、くすぐったい……!」

怜香が腰をくねらせて呻き、ようやく美男も口を離し、彼女を大股開きにさせて脚の内側を舐め上げていった。

ムッチリした白い内腿に舌を這わせると、あまりに滑らかな感触と張りに、思わず嚙みつきたい衝動にさえ駆られた。

そして股間に迫ると、

「アア……」

怜香が激しい羞恥に声を震わせ、ヒクヒクと下腹を波打たせた。

見ると、ぷっくりした丘には薄墨でも刷(は)いたように楚々とした若草が淡く恥ずかしげに煙り、幼げな割れ目は縦線一本だけで、ゴムまりのような丸みを帯びていた。

僅かに小振りの花びらがはみ出しているので、指でそっと左右に広げてみるとクチュッと微かに湿った音がして、ピンクの柔肉が丸見えになった。

昨夜、ここを奈津美に舐められて昇り詰めたのだろう。

無垢な膣口は襞を入り組ませ、ヌラヌラと清らかな蜜にまみれて息づいて、ポツンとした小さな尿道口もはっきり見えた。

包皮の下からは小粒のクリトリスが覗き、綺麗な光沢を放っている。

もう堪らず、美男は吸い寄せられるように顔を埋め込んでいった。

柔らかな茂みに鼻を擦りつけて嗅ぐと、生ぬるく蒸れた汗とオシッコの匂いが可愛らしく鼻腔を掻き回してきた。

胸を満たしながら舌を這わせると、淡い酸味のヌメリが感じられ、彼は無垢な膣口からクリトリスまで舐め上げていった。

「アアッ……!」

怜香が身を反らせて喘ぎ、内腿でキュッときつく彼の両頰を挟み付けてきた。

チロチロと舌先でクリトリスを探ると、たちまち熱い蜜が溢れてきたので、やはり濡れやすいのは春恵の血を引いているようだった。

「あう、ダメ、すぐいっちゃいそう……」

怜香が声を震わせて言う。おそらく昨夜も、奈津美に舐められてすぐにも果ててしまったのだろうか。それだけ感度が抜群で、激しい羞恥も快感に拍車をかけているようだ。

美男は美少女の味と匂いを堪能してから、彼女の両脚を浮かせ、オシメでも当てるような格好にさせ、白く丸い尻に迫った。

谷間の奥には、薄桃色の可憐な蕾がひっそり閉じられ、鼻を埋めて嗅ぐと顔中に弾力ある双丘が密着した。

蕾には蒸れた匂いが籠もり、彼は貪るように嗅いでから舌を這わせ、細かな襞を濡らしてヌルッと潜り込ませた。

「く……！」

怜香が呻き、肛門できつく舌先を締め付けてきた。

美男は舌を蠢かせ、滑らかな粘膜を味わい、ようやく脚を下ろして再び蜜が大洪水になっている割れ目に戻った。

ヌメリをすってチュッとクリトリスに吸い付くと、

「ダメ、いきそう、本当に……！」

怜香が嫌々をして身悶えた。やはり内心、ここで果てるより初体験をしたいのだろう。

彼も舌を引っ込めて身を起こした。

「入れて大丈夫？　コンドームはないけど」

「ええ、前からお姉さんにピルもらっているから……」

訊くと、怜香が上気した顔で答えた。

それならと彼も股間を進め、ピンピンに張り詰めている先端を割れ目に擦り付け、ヌメリを与えながら位置を定めていった。

彼女も、すっかり覚悟を決めて神妙に身を投げ出している。

息を詰め、ゆっくり押し込んでいくと、張り詰めた亀頭が処女膜を丸く押し広げる感触がし、あとはヌルヌルッと滑らかに根元まで呑み込まれていった。

「あう……！」

怜香が眉をひそめて呻き、身を強ばらせた。

美男は股間を密着させ、温もりと感触を味わいながら身を重ねていった。

すぐにも怜香が支えを求めるように、下から両手を回してきつくしがみついてきた。

中は燃えるように熱く、肉襞の摩擦も心地よく、さすがに春恵や真理亜よりも締め付けがきつかった。美男が彼女の肩に腕を回して身を預けると、胸の下で張りのある乳房が弾んだ。

「大丈夫？」

気遣って囁くと、下で怜香が小さくこっくりした。

まだ動かず、彼は上からピッタリと唇を重ね、怜香の男とのファーストキスを奪った。

ぷっくりした唇はグミ感覚の弾力があり、唾液の湿り気とともに、彼女の熱い鼻息が美男の鼻腔を湿らせた。

舌を挿し入れて滑らかな歯並びを左右にたどると、彼女も歯を開いて受け入れていった。

舌をからめると、美少女の舌は生温かな唾液に濡れ、滑らかに蠢いた。

美男は執拗に舌を蠢かせ、もう我慢できずに様子を見ながら徐々に腰を突き動かしはじめた。

「ああ……」

怜香が顔を仰け反らせ、口を離して熱く喘いだ。

「無理だったら言ってね。すぐよすので」

「ええ、大丈夫です。どうか最後まで……」

囁くと、怜香がか細く健気に答えた。

美男も、いったん動くとあまりの快感に腰が停まらなくなってしまった。

彼女も破瓜の痛みが麻痺してきたように、次第に動きが滑らかになり、微かにクチュクチュと湿った摩擦音も聞こえてきた。

彼は高まりながら、美少女の喘ぐ口に鼻を押し込んで嗅ぐと、熱く湿り気ある吐息には、胸が切なくなるほど甘酸っぱい芳香が含まれ、悩ましく鼻腔を刺激してきた。

まるで桃の実でも食べた直後のように清らかで、その果実臭を嗅ぐだけで美男は急激に絶頂を迫らせてしまった。

そして、いつしか気遣いも忘れ、股間をぶつけるように激しく律動するうち、たちまち彼は昇り詰めてしまった。どうせ一回では済まないのだから、ここで一度出して落ち着きたかったのである。

大きな快感に貫かれながら、美男は熱いザーメンを勢いよくほとばしらせた。

「く……！」

呻きながらドクンドクンと注入すると、

「あう、熱いわ……」

噴出を感じた怜香も声を洩らし、感応したようにキュッキュッときつく締め付けてきたのだ。

あるいは彼の力によって、彼女の中にある無意識の領域で、好奇心と快感、初体験の悦びなどが前面に出てきたのかも知れない。

美男は処女を攻略した快感を噛み締め、最後の一滴まで出し尽くしていった。

そして満足しながら、徐々に動きを弱めてゆき、力を抜いて彼女にもたれかかった。

「アア……」

怜香も、嵐が通り過ぎてほっとしたように小さく喘ぎ、肌の強ばりを解いてグッタリと身を投げ出していった。

まだ膣内は異物を確かめるようにキュッキュッと収縮を繰り返し、過敏になった幹が中でヒクヒクと跳ね上がった。

そして美男は、美少女の甘酸っぱい吐息を間近に嗅ぎながら、うっとりと快感の余韻に浸り込んでいったのだった。

やがて呼吸も整わないうち、彼はそろそろと身を起こして股間を引き離した。

そして屈み込んで割れ目を覗き込むと、やはり真理亜とは違い、逆流するザーメンにうっすらと鮮血が混じっていた。

それを見ると、美男は生まれて初めて処女としたのだという実感が湧いた。

「起きられるかな。シャワーで流そう」

彼が言うと、怜香もノロノロと身を起こしてきたので、支えながら立ち、バスルームへと移動していった。

椅子に座らせ、シャワーの湯温を手で確認してから互いの全身を洗い、股間を流した。

怜香も後悔した様子もなく、やっと初体験をした満足感に浸っているようだ。

もちろん美男は、湯に濡れた少女の肌を見ているうち、ムクムクと勢いよく回復していった。

それにバスルームだから、昨日真理亜に求めたことを思い出したのである。

「ね、ここに立って」

彼は言って怜香を立たせ、自分は床に腰を下ろした。

そして彼女の片方の足を浮かせてバスタブのふちに乗せ、開いた股間に顔を埋め込んだ。

もう恥毛に籠もっていた匂いの大部分は薄れてしまったが、それでも舐め回すと新たな愛液に舌の蠢きがヌラヌラと滑らかになっていった。

3

「アア……、ダメ、立っていられません……」

「もう少し我慢して。このままオシッコを出してみて」

ガクガクと膝を震わせて言う怜香に、美男は激しく勃起しながら言った。

「そ、そんなの無理です……」

「ほんの少しでいいから」

彼は腰を抱えてせがみ、執拗に舌を蠢かせた。

そして怜香の無意識に働きかけ、してはいけないことへの抵抗を取り除いて放尿するよう気を込めたのである。

「あう、本当に出ちゃいそう……、離れて下さい……」

「いいよ、このまま出して」

彼は答え、なおも割れ目に吸い付いた。すると柔肉が蠢き、すぐにもチョロチョロと熱い流れがほとばしってきたのである。

「ああ……、ダメ、こんなこと……」

怜香は息も絶えだえになって言い、それでもいったん放たれた流れは止めようもなく勢いを増していったのだった。

それは真理亜のものより熱く、しかし味わいも匂いも淡く清らかで、何の抵抗も無く飲み込むことが出来た。

溢れた分が少し肌を温かく濡らしたが、何しろ天使のように可憐な美少女の出したものだから勿体なく、まるで砂漠で遭難してオアシスを見つけたように喉を鳴らして受け入れていった。

「アア……」

嚥下する音に戦くように怜香が声を洩らし、今にも座り込みそうなほど足を震わせていた。ようやく勢いが衰えると、美男はほとんどを飲み干すことの出来た満足感に浸った。

流れが完全に治まると、彼はポタポタ滴る雫まで貪るようにすすり、残り香に酔いしれながら割れ目内部を舐め回した。

「も、もう……」

やがて怜香がビクッと腰を引いて言い、力尽きたようにクタクタと椅子に座ってしまった。美男も舌なめずりし、もう一度シャワーの湯で互いの全身を洗い流した。

そして身体を拭いてやり、二人でバスルームを出ると布団に戻った。

添い寝すると、美男は美少女に甘えるように腕枕してもらい、優しく胸に抱いてもらった。

「どうして、あんなの飲んだりするの……」

怜香が、興奮覚めやらぬように息を震わせて囁いた。

「君は天使のように清らかな子だからね、何もかも味わってみたかったんだ」

彼は、湿り気ある果実臭の吐息を嗅ぎながら答え、怜香の手を握ってペニスに導いた。

すると彼女も、やんわりと手のひらに包み込み、ニギニギと探ってくれた。

「硬いわ……、こんな大きなものが入ったの……」

怜香は指を動かしながら言うので彼も快感を高め、彼女を上にさせて唇を重ねてもらった。

「唾をいっぱい垂らして。酸っぱいレモンをかじることを想像しながら」

唇を触れ合わせながら囁き、彼はネットリと舌をからめた。もちろん同時に、彼女の無意識に働きかけたので、通常ならおぞましい行為だろうに、怜香はすぐにも唾液を溜め、トロトロとたっぷり吐き出してくれた。

美男は、生温かく小泡の多いシロップを味わった。

プチプチと弾ける小泡の一つ一つに、美少女のかぐわしい果実臭が含まれているようだ。

そしてうっとりと喉を潤し、彼女の口に鼻を押し込んだ。

「しゃぶって……」

言うと彼女も甘酸っぱい息を惜しみなく吐きかけながら、チロチロと鼻の穴を舐め回してくれた。熱い吐息に唾液の匂いも混じり、彼の鼻腔が何とも悩ましく湿り、芳香が胸に沁み込んできた。

その間、指の動きがなおざりになっているので、せがむように幹をヒクつかせると、またニギニギとぎこちない愛撫を再開してくれた。

このまま吐息を嗅ぎながら指で果てても良いのだが、ここはやはり口でしてもらいたいし、出来れば飲んでほしい。

「ね、お口で可愛がって……」

言うと怜香も素直に移動していった。そして彼が大股開きになると真ん中に腹這い、可憐な顔を股間に迫らせてきた。

「変な形……、邪魔じゃないのかしら……」

美少女が熱い視線を注いで言い、幹を撫でて陰嚢にも触れた。

「そこは急所だからそっとして。玉が二つあるでしょう」

「本当だわ……」

怜香が答え、好奇心を丸出しにして観察し、指で優しく睾丸を転がした。

彼も無邪気な視線と愛撫に高まり、先端から粘液を滲ませた。

「ここ舐めて」

美男は言って両脚を浮かせ、自ら両手で谷間を開いて尻を突き出した。

怜香も、自分がされたのだからとためらいなく舌をチロチロと肛門に這わせ、ヌルッと潜り込ませてくれた。

「あう、気持ちいい……」

彼が呻き、モグモグと肛門で舌先を締め付けると、怜香も熱い鼻息で陰嚢をくすぐりながら、内部で舌を蠢かせてくれた。

やがて脚を下ろし、

「ここも舐めて」

陰嚢を指すと、彼女も舌を移動させて股間に熱い息を籠もらせ、袋全体をチロチロと舐め回してくれた。大胆に舐めるのではなく、触れるか触れないかという恐る恐るした舌の蠢きに、彼の背骨をゾクゾクするような心地よい震えが這い上がってきた。

「じゃ、先っぽを舐めて……」

さらにせがむと、怜香も前進して裏筋を滑らかに舐め上げ、粘液の滲む尿道口を舐め、張り詰めた亀頭もしゃぶってきた。

「深く入れて……」

言うと怜香も小さな口を精一杯丸く開いて、スッポリと喉の奥まで呑み込んでいった。

幹を締め付けて吸い、内部ではクチュクチュと舌がからみつき、たちまち彼自身は美少女の生温かく清らかな唾液にどっぷりと浸り込んだ。

小刻みにズンズンと股間を突き上げると、彼女も合わせて顔を上下させ、濡れた口でスポスポとリズミカルな摩擦を繰り返してくれた。

「ああ、気持ちいい……、いきそう……」

ジワジワと絶頂を迫らせて喘ぐと、怜香も上下運動に熱を込めてきた。どうやら、このまま口に受け止めても構わないらしい。

たちまち美男は大きな絶頂の快感に全身を貫かれ、同時に清らかな美少女の、最も清潔な口を汚す興奮を味わった。何しろ、今まで綺麗で美味しいものしか口にしてこなかった美少女である。

「いく……、飲んで……！」

身悶えながら口走り、彼は熱いありったけのザーメンをドクンドクンと勢いよくほとばしらせてしまった。

「ク……、ンン……」

喉の奥を直撃された怜香が驚いたように呻いたが、噎せることもなく、そのまま吸引と摩擦を続行してくれた。たまに軽く当たる歯の感触も、実に新鮮な快感をもたらした。

美男は脈打つように射精し、心置きなく最後の一滴まで出し尽くした。

満足しながら、グッタリと力を抜いて四肢を投げ出すと、彼女も愛撫の動きを止め、亀頭を含んだまま口に溜まったザーメンをコクンと一息に飲み干してくれたのだった。

「あう、いい……」

キュッと締まる口腔の刺激に駄目押しの快感を得ながら、美男は呻いた。

全て飲み込むと、別に不味くもなかったように彼女がチュパッと軽やかな音を立てて口を離し、なおも幹をニギニギしながら、尿道口に脹らむ余りの雫まで丁寧に舐め取ってくれた。

「く……、もういいよ、どうも有難う……」

過敏にヒクヒクと反応しながら言い、彼は怜香の手を握って引き寄せた。

そして添い寝させると、再び腕枕してもらい、美少女の胸に抱かれながら呼吸を整えた。

「気持ち悪くない？」

「ええ、先生の生きた種ね。嫌じゃないです」

訊くと、怜香が甘酸っぱい吐息で答え、彼はうっとりと嗅ぎながら余韻を味わったのだった……。

「じゃ、気をつけて帰るんだよ」

美男は、ファミレスで昼食を終えた怜香に言った。

もちろん彼女も、大人になってすっきりした表情で、健康的な食欲を見せていたので彼も安心したものだった。

「ええ、またＬＩＮＥしますね」

怜香はそう言い、実家の寺へと帰っていった。

美男はアパートへ戻り、美少女の初物を頂いた余韻に浸り、暗くなる頃まで昼寝してしまった。

そして夕方に起き出して夕食の仕度をしていると、春恵からＬＩＮＥが入ったのだった。

「今夜、お夕食のあとにでも来られないでしょうか。明日、三日間の研修を終えた尼僧たちが帰ってくるので賑やかになります。今夜は怜香もいるけど、一晩中二階から下りてきませんので、どうか検討して下さい」

4

読んだ美男は、急激に欲情してきた。

どうやら春恵は、二階に娘がいるのに、階下で彼と戯れたいようだ。

明日からは尼僧たちとの集団生活が戻ってしまうので、静かな夜は今日が最後なのだろう。

（三日間だけの研修か。これが本当の三日坊主だな……）

そんなことを思いながら、美男は返事を書いた。

「分かりました。では八時半過ぎにでも伺います。一つお願いがあります。夕食後そのままで、シャワーも歯磨きもしないで待っていて下さいね」

早くも勃起しながら送信すると、すぐに返信が来た。

「恥ずかしいけれど、そのように致しますので」

美男はそれを読んで期待に胸と股間を脹らませ、手早く冷凍物の夕食を済ませたのだった。

そして自分はシャワーを浴びながら歯磨きをし、万全の準備を整えてアパートを出ると、尼寺へと向かった。

怜香がいるので一泊は出来ない。

昼寝したので、気力も性欲も充分すぎるほど回復している。

相手が変われば気分もリセットされるし、それに春恵は何といっても、彼にとって初めての素人女性だから思い入れも強かった。

そして昼前には怜香の処女を散らし、その夜に母親を抱けるなど、これほどの悦びがあるだろうか。

やがて彼は八時半を回る頃、山門をくぐった。

怜香がいるのでチャイムは鳴らせないから、ＬＩＮＥするとすぐにも春恵が母屋の玄関から出て待っていてくれた。

もう夕食も済み、怜香は入浴も終えて二階の自室に引っ込んだらしい。

二階にもテレビやトイレはあるので、これで朝まで怜香が階下に来ることはないのだろう。

「どうぞ」

春恵が声を潜めて言い、美男を迎え入れてくれた。女物の甚兵衛姿に、頭にはバンダナを巻いている。明日からは厳しい庵主に戻るので、リラックスできるのも今夜までなのだろう。

彼は上がり込み、すぐにも奥の寝室へと入った。

春恵の寝室の真上は怜香の部屋ではないようだから、少々の喘ぎ声ぐらい洩らしてもも聞かれずに済みそうだ。

それでも注意するに越したことはなく、声を潜めて淫らなことを行うのも興奮が増すというものだ。

春恵は娘が二階で寝ている下でするというスリル、そしてもちろん美男は、怜香の処女を散らしたその晩という背徳感がある。

「じゃ、脱いで下さいませ」

春恵が囁き、自分から甚兵衛を脱ぎはじめた。

すでに床が敷き延べられ、約束を守ってくれたようで、甘ったるい汗の匂いが生ぬるく漂っている。

美男も手早くシャツとズボンを脱ぎ去り、下着も下ろしてたちまち全裸になって横たわった。春恵も、甚兵衛の下には何も着けておらず、豊満な熟れ肌を露わにし、バンダナだけはそのままに添い寝してきた。

「昨日、真理亜としましたね」

「え……」

腕枕して巨乳に抱いてもらうと、彼女が囁いた。

やはり双子は、離れていても感覚でつながり合っているようである。

しかし母娘となると分からないようで、春恵は怜香のことには気づいていないらしい。怜香もまた、いつも通りの素振りが出来るぐらい強かな部分は持っているのだろう。

「ま、真理亜様が言ったのですか……」

「言わなくても分かります。その時間、私もまた自分でしてしまいました」

春恵が、近々と彼の顔を覗きながら言うが、咎めるふうではない。

では今夜も彼女が感じてしまったら、寄宿舎にいる真理亜も感応し、自分を慰めてしまうのかも知れない。

「二日のうちに、姉妹の両方とするなんて、いけない子ね」

春恵が優しく睨んで囁いた。熱く湿り気ある吐息は、白粉のような芳香だが、それに夕食の名残か、微かなオニオン臭が混じり、その刺激が悩ましく彼の鼻腔を搔き回してきた。

やはり刺激が濃い方が、美女とのギャップ萌えが感じられ、いかに清らかでも生身ということが強調されて彼の興奮が増すのだった。

「ごめんなさい。でも真理亜様にも熱い欲望が……」

「分かっております。いかにあなたが真理亜の末那識に働きかけても、応じた以上その衝動があの子の中にあったのですから。それで、私とどちらが良かったのですか」

春恵は、尼僧らしからぬ妬心を抱いたように訊いてきた。

「そ、それはもちろん庵主様です。いえ、お師匠様……」

「なぜ私がお師匠？」

「僕は、美しい三蔵法師に仕える猪八戒ですので」

「まあ」

「ちなみに先日の手伝いの二人は、孫悟空と沙悟浄ですが」

「あはは……」

雰囲気が似ていたので声を立てて笑いかけ、春恵は慌てて手で口を押さえた。

「猪八戒ほど太っていないわ」

春恵が言い、彼の頬を優しく撫で回してくれた。

「でも、庵主様に食べてほしい……」

「お肉はあんまり食べないのよ。でも少しだけなら」

身を寄せて言うと彼女は答え、そっと美男の頬に歯を立ててくれた。

「ああ、もっと強く……」

彼は頰に食い込む歯並びの、甘美な刺激に喘いだ。

「もうダメよ。痕が付くから」

春恵が言って口を離したので、彼はその口に鼻を押し込んで濃厚な吐息を嗅いだ。すると彼女も、そっと鼻の頭をしゃぶり、軽く歯を触れさせてきた。

白粉臭とオニオン臭の混じった吐息に、ほんのり下の歯の裏側のプラーク臭も悩ましく鼻腔を刺激してきた。

「アア、呑み込まれたい。噛む真似をしてゴックンして」

美男がうっとりと酔いしれながら言うと、春恵も咀嚼(そしゃく)するように鼻の頭で歯並びを蠢かせ、コクンと飲み込んでくれた。

「ね、何度も空気を呑み込んでゲップもしてみて」

「すごく嫌な匂いだったらどうするの」

「もっと好きになる」

「おかしな子ね」

春恵は言いながらも何度か歯を当てて喉を鳴らして飲み込み、やがてケフッと小さなおくびを洩らしてくれたのだ。

嗅ぐとほんのり生臭い中に、淡い硫黄臭に似た成分も混じって美男の鼻腔を搔き回した。

「ああ、濃厚……、こんな綺麗な人でも胃の中は生臭いんだね」

「まあ！」

春恵は優しく睨むと、彼の唇も小刻みに嚙み、舌をからめてから顔を移動させていった。

そして張り詰めた亀頭にしゃぶり付き、スッポリと喉の奥まで呑み込んだ。

彼女は、まさかこのペニスが、昼前に娘の処女を散らしたとは夢にも思っていないだろう。

春恵は貪るように吸い付いて熱い息を籠もらせ、ネットリと舌をからめてから顔を上下させ、スポスポと強烈な摩擦を開始してくれた。

「ああ、気持ちいい、いきそう……」

すっかり高まった彼が身悶えて言うと、春恵はすぐにスポンと口を離して添い寝し、

「私にもして……」

仰向けになり、熟れ肌を投げ出してせがんできた。

彼も身を起こして移動し、彼女の爪先に鼻を割り込ませて蒸れた匂いを貪り、

しゃぶり付いて全ての指の股を舐め回した。

「あう、そんなところはいいから……」

春恵が豊満な腰をよじって言うので、美男も股を開かせて股間に顔を進ませ、白くムッチリした内腿をたどって割れ目に迫っていった。

はみ出した陰唇は、すでにヌラヌラと大量の愛液に潤い、陰唇を広げると膣口からは白っぽく濁った本気汁も滲んでいた。

やはり戸惑いと緊張のあった初回よりも、二回目の方がずっと期待が大きくて愛液も多いようだった。

美男は柔らかな茂みに鼻を埋め、蒸れた汗とオシッコの匂いを貪って舌を這わせ、淡い酸味のヌメリをすすった。春恵もうっとりと目を閉じて快感を嚙み締め、内腿でキュッときつく彼の頰を挟み付けてきた。

さらに彼は脚を浮かせて尻の谷間の微香も嗅いで舌を潜り込ませ、うっすらと甘苦い粘膜を探った。

そして美男は、心ゆくまで熟れた尼僧の前も後ろも、存分に味と匂いを堪能し尽くしたのだった。

「アア、いい気持ちよ……。入れて、お願い……」

　充分に高まった春恵が言うと、美男も身を起こして股間を進めた。

　幹に指を添えて先端で割れ目を擦り、たっぷりと潤いを与えてから膣口に押し込んでいった。

　たちまち、急角度に反り返ったペニスがヌルヌルッと肉襞の摩擦を受け、滑らかに根元まで呑み込まれた。

「アアッ……、いい……！」

　春恵が身を弓なりに反らせて喘ぎ、彼も温もりと感触を嚙みしめながら股間を密着させ、脚を伸ばして熟れ肌に身を重ねていった。

　そして屈み込み、左右の乳首に吸い付いて舌で転がし、顔中で柔らかな巨乳を味わった。

　さらに腋の下にも潜り込んで鼻を埋め込み、生ぬるく湿った色っぽい腋毛に籠もる、甘ったるい汗の匂いに噎せ返った。

「あうう、突いて……」

春恵が呻いて言い、待ちきれないようにズンズンと股間を突き上げはじめた。

美男も合わせて腰を遣い、上から唇を重ね濃厚な吐息で鼻腔を満たしながら、執拗に舌をからめて唾液をすすった。

たちまち収縮が活発になり、愛液も大洪水になって律動が滑らかになり、ピチャクチャと摩擦音が聞こえてきた。

しかし、そこで春恵は突き上げを止めたのだ。

「ね、お尻に入れてみて……」

言われて美男も驚いて動きを止め、激しい興味が湧いた。

「大丈夫かな」

「昔から、寺では男同士でしていたようだから、どんなものか試してみたいの」

春恵が、好奇心に目をキラキラさせて言う。

「じゃ、無理だったら言って下さいね」

美男は身を起こして言い、ヌルッとペニスを引き抜いた。すると彼女は自ら両脚を浮かせて抱え、白く豊満な尻を突き出した。

見ると、割れ目から滴る愛液で、ピンクの蕾がヌメヌメと濡れていた。

そこに先端を押し付け、彼は呼吸を計った。

春恵も口呼吸をして懸命に括約筋を緩め、彼も良さそうなタイミングでグイッと押し込んだ。

すると最も太い亀頭のカリ首までが潜り込み、肛門の襞が丸く押し広がってピンと張り詰め、今にも裂けそうに光沢を放った。

「あう……！」

春恵が呻き、ほんのり脂汗を滲ませながら肛門を締め付けてきた。

「痛いですか」

「大丈夫よ、いちばん奥まで来て……」

訊くと春恵が答え、彼もズブズブと根元まで押し込んでいった。

すると豊満な尻の丸みが股間に密着して心地よく弾み、膣内とは違った感触が彼自身をきつく包み込んだ。

さすがに怜香の処女よりきつかった。

しかし締まりの良いのは入り口だけで、中は意外に緩やかで、思ったほどのべタつきもなくむしろ滑らかだった。

（とうとうアナルセックスまで体験したんだ……）

美男は、この美熟女の肉体に残った最後の処女の部分を味わいながら思った。

しかも相手は清らかな尼僧なのだから、これも実に恐ろしい行為であろう。

「突いて……、中に出して、いっぱい……」

春恵が息を詰めて言い、自ら巨乳を揉みしだいて乳首をつまみ、もう片方の手は割れ目に這わされた。そして愛液をつけた指の腹でクリクリとクリトリスを刺激しはじめたのである。

美熟女のオナニーする様子は実に艶めかしく、興奮の高まりとともに膣内が蠢くと、連動するように肛門内部も締まった。

彼はそろそろと腰を動かし、最初は様子を見ながら小刻みに律動しはじめた。

すると彼女も、括約筋の緩急に慣れてきたか、すぐにも動きが滑らかになっていった。

美男もリズミカルに動けるようになると、もう腰が停まらなくなり、きつい締め付けの中で高まった。

「い、いく……、アアッ……！」

たちまち彼は絶頂の快感に貫かれて喘ぎ、ドクンドクンと熱いザーメンを勢いよく注入した。

「あ、熱い……、いい気持ちよ……、ああーッ……！」

噴出を感じた春恵も声を上げ、ガクガクと狂おしいオルガスムスの痙攣を開始した。しかし彼女は律動より、自分でいじるクリトリスの快感で昇り詰めたのかも知れない。

同時に直腸内がきつい収縮を繰り返したが、中に満ちるザーメンで動きはヌラヌラと滑らかになった。

美男は心置きなく最後の一滴まで出し尽くすと、満足しながら動きを弱めていった。

これで彼は春恵の膣と口と肛門という、三穴の全てに射精したのだった。

彼は荒い呼吸を繰り返しながら、息づく肛門からそっとペニスを引き抜いていった。すると途中から、締め付けとヌメリで自然にツルッと抜け落ち、美女に排泄されたような興奮を得た。

亀頭に汚れなどはなく、丸く開いて一瞬ヌルッと粘膜を覗かせた肛門も、みるみるつぼまって元の可憐な形に戻っていった。

「さあ、早く洗いましょう」

春恵が、余韻を味わう暇もなく懸命に身を起こして言った。

美男も立ち上がり、一緒に部屋を出てバスルームに移動した。

水音が聞こえても、春恵が寝しなに入浴するのは常らしいから、怜香が不審に思うことはないだろう。

彼女はボディソープで甲斐甲斐しくペニスを洗い、シャワーの湯で流してくれた。その刺激に、また美男はムクムクと回復しそうになったが、

「オシッコしなさい」

言われて、勃起を堪え懸命にチョロチョロと放尿し、彼は内側からも雑菌を洗い流した。

出しきると彼女はもう一度湯で流し、最後に屈み込むと消毒するようにチロッと尿道口を舐めてくれた。

「あう……、ね、庵主様もオシッコ出して……」

美男は言いながら洗い場に仰向けになり、狭いので両膝を立てながら彼女の手を引いて顔に跨がらせた。

「アア、まさか顔にかけろと言うの……？」

彼女も興奮覚めやらぬように声を震わせ、それでも彼の顔に跨がると和式トイレスタイルでしゃがみ込んでくれた。

白く量感ある脚が、M字になるとさらにムッチリと張り詰め、まだ完全に満足していない割れ目が蜜を垂らして鼻先に迫った。

下から豊満な腰を両手で支え、舌を這わせると新たな愛液が溢れてきた。

「アア、すぐ出そうよ、いいのね、本当に……」

春恵が声を震わせ、柔肉を蠢かせた。返事の代わりに吸い付いていると、すぐにも熱い流れがチョロチョロとほとばしってきたのだ。

美男は口に受け止め、喉に詰めて噎せないよう気をつけながら味わい、少しずつ喉に流し込んでいった。

しかし勢いが増すと、溢れた分が頬を伝い両耳の穴にも入ってきた。

このまま美女のオシッコで溺れるなら、それも本望である。

味も匂いも淡く控えめで、抵抗なく飲み込めたが、やはり美女から出るものを受け入れる興奮は格別であった。

「ああ……」

春恵はバスタブのふちに掴まり、オマルにでも跨がっているように放尿しながら喘いだ。しかし流れはさして長く続かずに治まり、彼は激しくピンピンに回復していた。

余りの雫をすすり、悩ましい残り香の中で割れ目を舐め回すと、

「あう、続きはお布団で……」

春恵も、その気になったように言って股間を引き離してしまった。やはり、まだ膣で果てていないから、欲求もくすぶったままなのだろう。

美男も身を起こし、もう一度二人でシャワーの湯を浴びた。

そして身体を拭いて一緒にバスルームを出ると、彼は部屋に戻りながら、今度は好きな女上位で交わってもらおうと思ったのだった。

第四章　巫女の濡れ花弁

1

（ああ、もうすぐ昼か……、そろそろ起きないと……）

昼近くになり、目を覚ました美男はノロノロと身を起こした。

昨夜は遅くまで春恵と戯れ、互いに何度となく果てまくったのである。

もちろん二階の怜香に気づかれることなく、彼はアパートに帰ってきたのだった。

そして充分に睡眠を取って顔を洗うと、すっかり気力も淫気も回復し、今日もまた良いことがあるような気になってきた。

冷凍ピラフを解凍したものとワカメスープでブランチを終えると、彼は歯磨きとシャワーを終え、大学にでも出向いてみようかと思った。

特に今は急ぎの仕事もなく、学生も帰省中なので哲学サークルに行っても仕方がないが、それでも誰かには会えるだろうし、自分のデスクで後期の段取りでもまとめておけば講義が楽になるだろう。

その合間に、自分の力の生かし方も考えようと思った。

すると、アパートを出ようとしたときにLINEが入った。

何と、四年生の麻生奈津美からである。

「近くにいるので、寄りたいのですが、ご都合はいかがでしょう」

そうあったので、何やら妖しい期待を抱いた彼は、すぐ承諾の返信をしたのだった。

すると十分足らずで奈津実がやって来た。

しかも長い黒髪を束ね、何と白い衣に朱色の袴の、巫女姿ではないか。

「近くの式場で結婚式の手伝いをしていたんです。そのまま来てしまいました」

これが、怜香によると、すでに二人の男を知りながら巫女をしているという神社の娘、二十一歳の奈津美であった。

睫毛の長い切れ長の眼差し、尼僧やシスターとは違い薄化粧をし、整った顔立ちの中に、現代娘らしい奔放さと、神に仕える神秘の雰囲気という、両方の印象を持っていた。

恐らくタクシーで、式場から巫女の衣装のまま来たのだろう。

「失礼します」

彼女は言い、ちゃんとドアを内側からロックして草履を脱ぎ、上がり込んで万年床に腰を下ろした。正座ではなく、ざっくばらんな胡座で、衣装が普通なら現代っ子の女子大生である。

美男は、甘い匂いを感じながら椅子に座った。

「昨日、怜香としたんですね」

単刀直入に、奈津美が言ったので美男は戸惑った。

「隠さなくていいです。誰にも口外しませんので。それに怜香に、処女を失うよう焚きつけたのは私ですから」

奈津美が、能面のような和風の顔立ちで、表情も変えずに言った。

やはり、尼僧ともシスターとも違う、独特の雰囲気があるが、多分に衣装に惑わされているのだろう。

「うん、それで……？」

「私も、先生としてみたくて来てしまいました。怜香をどんなふうに扱ったのか興味があります。失礼ながら、そんなに女性の扱いに慣れているとも思えませんので」

奈津美が正直に言い、美男はムクムクと激しく勃起してきた。

何も大学まで行かなくても、させてくれる相手の方から来てくれたのである。

「じゃ脱ぐね。君はせっかくその衣装なので、そのままでいいよ」

美男は言い、自分だけ手早く全裸になると布団に仰向けになった。

「私はどうすれば……」

立ち上がった奈津美が、キラキラした眼差しで勃起したペニスを見下ろして言った。

「じゃ足袋だけ脱いで」

言うと彼女は椅子に掛け、足首の鞐(こはぜ)を外してスッポリと両の白足袋を脱いで素足を晒した。

「僕の顔の横に立って、足の裏を顔に乗せて」

恥ずかしい要求に、彼はゾクゾクと高まりながら幹を震わせた。

「蒸れて匂いますよ。ゆうべお風呂入ったきりなので……」

さすがに落ち着きのある奈津美も、モジモジして答えた。

「うん、その方が興奮するので」

「まあ、怜香にもそんな無理をさせたんですか……」

奈津美は言いながらも好奇心を湧かせたように、そろそろと美男の顔の横に立ち、壁に手を突いて身体を支えながら片方の足を浮かせ、そっと彼の顔に乗せてくれた。

「ああ、気持ちいい……」

美男は、生ぬるく湿った巫女の足裏を顔に受け止めて喘いだ。

舌を這わせ、指の股に鼻を割り込ませて嗅ぐと、そこはやはり汗と脂に湿り、ムレムレの匂いが濃く沁み付いていた。

彼は舐めながら匂いを貪り、爪先にしゃぶり付いて全ての指の間に舌を潜り込ませて味わった。

「あう……」

奈津美がビクリと反応し、袴の裾を揺らしながら呻いた。ときにバランスを崩すと、思わずギュッと踏みつけてきた。

しゃぶり尽くすと足を交代させ、彼はそちらも心ゆくまで味と匂いを貪り尽くしたのだった。

「じゃ顔を跨いでしゃがみ込んで。裾をめくって」

真下から言うと、奈津美も彼の顔の左右に両足を置き、袴と着物の裾をまくり上げた。

裾の巻き起こす生ぬるい風を顔に受けながら、このようにトイレに入るのかと見上げていると、やがて奈津美は和式トイレスタイルでゆっくりしゃがみ込み、

「アア、恥ずかしい……」

息を震わせて言いながら、完全に脚をM字にさせて股間を迫らせてきた。

もちろん洋風の下着などは着けていない。

一軒ドライな印象だが、彼女は激しい羞恥に見舞われているようだ。

やはりかつての彼氏二人は上になるタイプで、奈津美は常に受け身であり、こうして自分から積極的になることは少なかったのだろう。

そして、なぜ古来から人間というのは股間を隠してきたか、それは生殖器官が排泄器官の近くにあるからだ。

まして排泄する姿だから、奈津美の羞恥は相当高まったようだった。

白く滑らかな内腿がムッチリと張り詰め、丘に茂る恥毛は意外に毛深く、すでに溢れる愛液の雫を宿していた。

股を開いてしゃがみ込んでいるため、はみ出す花びらはハート型に開かれ、濡れて息づく膣口と、これも意外に大きなクリトリスが、親指の先ほどもあって光沢を放っていた。

本当に、いかに清楚な美女でも割れ目の形状は人それぞれ異なり、見てみなければ分からないものである。

腰を抱き寄せて割れ目に鼻と口を押し付け、茂みに籠もった生ぬるく蒸れた汗とオシッコの匂いを貪りながら柔肉を舐め回すと、さらに溢れた愛液が舌の動きを滑らかにさせた。

「アアッ……！」

上の方から奈津美の喘ぎ声が聞こえるが、顔中が熱気に満ちた裾に覆われているので表情は見えない。

美男は匂いに噎せ返りながら溢れるヌメリをすすり、舌先で膣口を掻き回してから大きなクリトリスまで舐め上げていくと、

「く……！」

彼女が呻き、思わず座り込んでキュッと股間を押しつけてきた。

彼は乳首でも吸うようにクリトリスに吸い付いては、トロトロと溢れる大量の愛液をすすった。

今日結婚した男女は、まさか式の介添えをした美人巫女が、すぐあとこのような行為に耽っているなど夢にも思わないだろう。

美男は味と匂いと潤いを貪り、さらに尻の真下に潜り込んでいった。

谷間の蕾は綺麗な薄桃色で、ややグレイがかり、細かな襞が恥じらうようにキュッと閉じられていた。

白く丸い双丘に顔中を密着させ、感触を味わいながら蕾に鼻を埋め込んで嗅ぐと、蒸れたビネガー臭が悩ましく籠もり、鼻腔を刺激してきた。

美男は匂いを貪ってから舌を這わせ、ヌルッと潜り込ませて滑らかな粘膜を探った。

「あう……!」

奈津美が呻き、モグモグと味わうように肛門で舌先が締め付けられた。

彼は執拗に舌を蠢かせ、充分に堪能してから再び割れ目に戻り、大洪水の愛液をすすってクリトリスを舐め回した。

「も、もうダメ、いきそう……」

奈津美が言うなり、ビクッと股間を引き離してしまった。

そして自分から移動し、お返しするようにペニスに顔を迫らせてきたのだ。

幹に指を添えて粘液の滲む尿道口を探り、張り詰めた亀頭をしゃぶって、そのままスッポリと喉の奥まで呑み込んでいった。

2

「アア、気持ちいい……」

美男は快感に喘ぎ、恐る恐る股間を見ると清らかな巫女が夢中でおしゃぶりしていた。

しかも長い黒髪がサラリと股間を覆い、その内部に熱い息が籠もった。

春恵は剃髪し、真理亜も短髪だったので、ロングヘアーが実に新鮮だった。

温かく濡れた口の中でクチュクチュと舌が蠢き、奈津美は幹を締め付けて吸いながら、彼自身をたっぷりと生温かな唾液にまみれさせた。

彼がズンズンと股間を突き上げると、

奈津美が喉の奥を突かれて呻き、自分も顔を上下させてスポスポと摩擦していたが、やがて口を離して顔を上げた。

「入れたいわ、いい？」

「うん、上から跨いで」

言うと彼女もすぐに身を起こして前進し、美男の股間に跨がってきた。

そして手早く袴の紐を解いて脱ぎ去ると、着物の裾をめくって割れ目を先端に押し当て、息を詰めてゆっくり座り込み、ヌルヌルッと滑らかに根元まで受け入れていった。

「アアッ……！」

奈津美が顔を仰け反らせて喘ぎ、完全に股間を密着させた。

まだ腰は動かさず、そのまま彼女は着物と肌着も脱ぎ去り、美男の上で全裸になった。

彼も熱いほどの温もりときつい締め付け、潤いに包まれながら快感を嚙み締めた。奈津美は怜香にピルをあげていたぐらいだから、もちろん中出しして大丈夫なのだろう。

弾む乳房は、やや上向き加減で形良く、実に張りがありそうだった。

美男が両手を回して抱き寄せると、彼女も素直に身を重ねてきた。

彼は潜り込むようにしてチュッと乳首に吸い付き、顔中で柔らかな膨らみを感じながら舌で転がし、もう片方も指で探った。

「ああ……、いい気持ち……」

奈津美が熱く喘ぎ、膣内を収縮させながら、甘ったるい体臭を漂わせた。

左右の乳首を含んで舐め回し、さらに彼は奈津美の腋の下にも鼻を埋め込み、濃厚な汗の匂いに噎せ返った。

スベスベの腋に舌を這わせると、

「あう、ダメ……」

奈津美がくすぐったそうに呻き、キュッときつく締め上げてきた。

美男は美しい巫女の体臭を貪ってから、両膝を立てて蠢く尻を支え、両手でしがみつきながらズンズンと股間を突き上げはじめた。

「アア……、いいわ……」

奈津美も喘ぎながら動きを合わせ、大量の愛液を漏らして律動を滑らかにさせていった。

「ね、唾を垂らして……」

動きながらせがむと、彼女も懸命に唾液を分泌させて口に溜めると顔を寄せ、形良い唇をすぼめてトロリと吐き出してくれた。

白っぽく小泡の多い粘液を舌に受けて味わい、うっとりと喉を潤すと、彼女は垂れる糸をたぐるように、そのままピッタリと唇を重ねてきた。

美男は柔らかく密着する感触を味わいながら舌を挿し入れ、滑らかな歯並びとピンクの歯茎を舐めると、彼女もネットリと舌をからめてくれた。

「ンンッ……」

奈津美は熱く鼻を鳴らし、次第に収縮と動きを激しくさせていった。

チロチロと舌を蠢かせ、彼が悦ぶのを察したように、その間もトロトロと唾液を注ぎ込んでくれた。

美男は美酒に酔いしれたようにうっとりとなり、肉襞の摩擦に絶頂を迫らせていった。

「ああ、いきそうよ……」

奈津美が口を離し、淫らに唾液の糸を引きながら熱く喘いだ。

吐息は花粉のような甘さに、昼食の名残か濃厚な刺激が鼻腔に引っかかった。

「しゃぶって……」

彼は奈津美の顔を引き寄せて喘ぐ口に鼻を押し込み、胸を満たして嗅ぎながら言うと、彼女もヌラヌラと鼻の穴を舐め回してくれた。

悩ましい息の匂いと唾液のヌメリに、たちまち美男は昇り詰めてしまった。

「く……！」

大きな快感に呻きながら、ありったけの熱いザーメンをドクンドクンと勢いよくほとばしらせると、

「い、いく、気持ちいい……、アアーッ……！」

奈津美も噴出を感じると同時に声を上ずらせ、ガクガクと狂おしいオルガスムスの痙攣を開始した。

彼はきつい収縮と摩擦の中で心ゆくまで快感を味わい、最後の一滴まで出し尽くしていった。

なおも勃起している間はズンズンと股間を突き上げ続けていたが、やがてペニスが満足げに萎えてくると彼は動きを止めた。

「アア……、良かった。久々の男だけど、こんなに良いのは初めて……」

奈津美も声を洩らして肌の硬直を解き、グッタリと力を抜いていった。

遠慮なく体重を預けながら、なおも名残惜しげにキュッキュッと膣内が締まると、彼自身がヒクヒクと過敏に震えた。

そして美男は、美しい巫女の濃厚な吐息を嗅いで鼻腔を刺激されながら、うっとりと快感の余韻を噛み締めたのだった。

しばし重なったまま荒い息遣いを繰り返していたが、やがて奈津美が身を起こし、股間を引き離していった。

「シャワーと歯ブラシ借りていいですか……」

とろんとした眼差しで言った。

「一緒に浴びよう」

「ううん、時間が無いんです。次の挙式があるので」

美男が言うと奈津美が答え、立ち上がって洗面所にある彼の歯ブラシを手に、バスルームへ入ってしまった。

どうやら、二組ある挙式の合間に抜け出てきただけのようだ。次のカップルは巫女がセックスを終えたばかりなどということを夢にも思わず、一生に一度の幸福な儀式を行うのだろう。

彼は水音を聞きながら、一度きりの射精で物足りない思いを味わった。

仕方なく身を起こし、ティッシュでペニスを拭っていると奈津美が出てきて身体を拭いた。

そして手際よく巫女の衣装を着付け、スマホでタクシーを呼んだ。どうやらさっきのタクシーに、連絡したら来るよう言ってあったのだろう。

「すごく上手だったので安心しました。きっと怜香にも良い初体験だったのでしょうね」

鏡を見て髪を直し、出る仕度を調えながら奈津美が言う。

「またしてもいい?」

「ええ、もちろん。今はフリーですから」

奈津美が答え、たったいま濃厚なセックスを終えたことなど信じられないような、神秘で清楚な雰囲気を取り戻していた。

やがてアパートの前でクラクションが鳴ったので、奈津美は出てゆき、また式場へと戻っていった。

美男も身繕いをし、まだ明るいので外へ出ると、自転車に乗って大学へと出向いた。

一応誰かいるかと思い、哲学サークルの研究室に顔を出すと、何とそこに猿田と川津が来ていた。

「おう、珍しいな。何か調べ物か？」

「いえ、先生が来て良かった。誰かに相談したくて」

猿田が言い、川津も身を乗り出した。

「何だい？」

「実は俺たち二人とも、高宮怜香を好きになってしまったんです。そこで、フェアに張り合うにはどうしたら良いかと思って」

彼の言葉に美男は目を丸くした。

「そうか、それは残念だな。実は怜香は、僕の彼女なんだ」

「ええッ……！」

彼が言うと、猿田と川津は声を上げ、思わず顔を見合わせた。

「そ、それは本当ですか。一回りも歳が違うのに……」

「ああ、本当だ。別の子にターゲットを向けた方がいいな」

美男が答えると、二人はみるみるうなだれたが、二人一緒の気持ちだから、それほどの孤独感にはならないだろう。

「そうでしたか……、先生じゃ、仕方ねえな……」

敵わないと思ったか、猿田が言い、やがて川津と一緒に一礼すると、意気消沈して二人は研究室を出ていってしまった。

まあ、二人とも若いのだから、諦めは早い方がいい。そして変にこじれる前に結論が出て良かったと思った。

そして美男は、その怜香の叔母に会いに、学舎を出て教会の寄宿舎の方へ向かっていったのだった。

3

「あ……、困ります。アポ無しで来られても……」

美男を部屋に入れながら、真理亜が困惑の面立ちで言った。

「お邪魔なら帰りますが、何かご用が？」

「そういうわけではありませんが、いきなりでは驚きます」

真理亜は、ほんのり甘ったるい匂いを揺らめかせて答えた。無意識に働きかけるまでもなく、彼女は先日の快楽が忘れられず、美男の来訪を待ちわびているようだった。

「ええ、これからは来る前にＬＩＮＥすることにしますね」

美男は言い、奥のベッドへと彼女を誘った。

「また、したいのですか。この世で私だけがたった一人の好きな人だと言うならともかく、姉とも関係して、ふしだらです」

真理亜は言ったが、彼が姉の春恵のみならず姪の怜香の処女を奪い、さらにはついさっき教え子の巫女ともしたばかりと知ったら、彼女は一体どんな顔をするだろうか。

「ええ、どうにも我慢できないんです。我慢するくらいなら、真理亜様におすがりした方が良いかと思って」

「そんな、都合の良いことを……」

「でも、少しでも多く体験した方が良いと思いますよ。やがて後期授業が始まれば、学生たちがいろんな相談を持ちかけてくるでしょうから、何も知らないのでは答えようがないでしょう」

美男は言い、ベッドに並んで腰掛けた。

「ええ、もちろん今までも、多少は際どい悩み事もありましたが、今の私は怖がられているので、別の先輩にでも相談しているのでしょう」

彼女が答え、今までは当たり障りのない返事をしてきただけらしい。

「とにかく脱ぎますね」

美男は言って、手早くシャツを脱ぎ、下着ごと短パンを下ろしてたちまち全裸になると、ピンピンに勃起したペニスを露わにさせた。

「どうか、可愛がって下さい」

興奮を抑えながら言い、真理亜の手を取ってペニスに導くと、彼女も複雑な表情をしながらニギニギと指で愛撫してくれた。

「ああ、気持ちいい……」

美男は喘ぎながら、さらに彼女の顔を股間へと押しやった。

すると真理亜も、着衣で胸にロザリオをかけたままなのに素直に屈み込み、そっと先端に舌を這わせてくれたのである。

彼も、今日の奈津美の巫女姿のままという興奮に目覚めたので、真理亜がシスター姿のまましてくれるのは嬉しかった。

「少し生臭いです……」

チロチロと尿道口を舐めると、すぐに彼女が舌を離した。

真理亜が言う。

確かに、今日は奈津美とセックスしたあとティッシュで拭いただけでペニスを洗っていないのだ。

「お嫌なら急いで流して参ります」

「いいえ、このままで構いません……」

すると真理亜が言い、再びしゃぶり付いてくれた。

彼女にとっても、少々の匂いは興奮を高める刺激剤のようだった。

もちろん真理亜は、これが美男の自然のままの匂いだと思い、巫女の愛液の匂いが残っているなどとは夢にも思っていないだろう。

張り詰めた亀頭に満遍なく舌をからませ、スッポリと喉の奥まで呑み込んで吸い付き、熱い息を籠もらせながら顔を上下させて摩擦してくれた。

「ああ、真理亜様も、どうか脱いで……」

急激に高まりながら言うと、彼女もすぐに口を離して顔を上げた。

そしてベッドに座って革靴を脱ぎ、黒衣の裾をめくり上げてストッキングとショーツを脱ぎ去った。

「あとは脱がなくていいです」

美男は着衣のままを望んで言い、ベッドに仰向けになった。

「ここに座って下さい」

下腹を指して言うと、すっかり彼女も興奮で朦朧となりながら従い、ベッドに上って彼の腹に跨がってきた。

そして裾をめくって座り込んだので、ナマの割れ目が下腹に密着してきた。温かく柔らかな感触と、僅かな潤いも伝わった。

「じゃ脚を伸ばして」

美男は下腹に美熟女シスターの重みを感じながら言い、両足首を握って引き寄せた。

「アアッ……、重いでしょう……」

真理亜は言いながら、美男が立てた両膝に寄りかかり、伸ばした両足の裏を彼の顔に乗せて、全体重をかけてきた。

人間椅子になった気分で彼は重みと温もりを受け止め、足裏に舌を這わせて湿った指の間に鼻を押し付けて嗅いだ。そこは今日も蒸れた匂いが濃く沁み付き、彼は鼻腔を刺激されながら爪先にしゃぶり付いていった。

「あう……！」

真理亜が呻き、彼の下腹の上でクネクネと腰をよじった。

密着した割れ目の潤いが増してくるのが分かり、彼は両足とも全ての指の股に籠もった味と匂いを貪り尽くした。

そして口を離して手を引くと、真理亜も恐る恐る前進し、彼の顔の左右に足を置いてしゃがみ込み、裾をめくって割れ目を迫らせてくれた。

昼過ぎには巫女にこの格好をしてもらい、今はシスターが同じように和式トイレスタイルでしゃがみ込んでいるのだから、これほどの罰当たりは他にいないだろう。

顔中を覆う裾の内部には熱気が籠もり、薄暗がりの中で濡れた割れ目が妖しく息づいていた。

茂みに鼻を埋め込んで嗅ぐと、今日も濃厚に蒸れた匂いが沁み付いて鼻腔が刺激された。そして舌を挿し入れて淡い酸味ヌメリを掻き回し、膣口からクリトリスまで舐め上げていくと、

「アアッ……！」

真理亜が、鼻にかかった色っぽい喘ぎ声を洩らし、ヒクヒクと白い内腿を震わせた。チロチロとクリトリスを刺激すると、急に熱い潤いが増して、彼は夢中ですすった。

味と匂いを堪能すると、さらに尻の真下に潜り込み、蒸れた微香の籠もる蕾に鼻を埋めて嗅ぎ、顔中に密着する双丘の弾力を味わった。

舌を這わせてヌルッと潜り込ませ、甘苦い滑らかな粘膜を探ると、

「ダ、ダメ……」

真理亜が前と後ろを舐められて声を洩らし、しゃがみ込んでいられずに突っ伏してしまった。

やがて美男は指と舌を離して這い出し、あらためて着衣の真理亜を仰向けにさせ、裾をめくって股間に顔を迫らせた。

そして唾液に濡れた肛門を左手の人差し指で探り、浅く潜り込ませた。

「あう……、あ、姉のそこに入れたのですね……」

すると真理亜が、先日の夜の感覚を思い出したように言った。やはり、春恵にした行為は、全てテレパシーで真理亜に伝わっているようだ。

「入れてもいいですか」

「ダメです。決して……」

股間から訊くと、真理亜が嫌々をして答えた。

「分かりました。じゃせめて指だけ」

彼も答え、奥まで指を潜り込ませて滑らかな粘膜を探り、さらに右手の二本の指を膣口に押し込み、さらにクリトリスに吸い付いていった。

「アァッ……！　す、すごい……」

真理亜もこの三点攻めに、すっかり夢中になって喘ぎ、前後の穴できつく彼の指を締め付けてきた。美男も、それぞれの穴で指を蠢かせて内壁を摩擦し、執拗にクリトリスを愛撫した。

「い、いきそう……、ダメ、お願い、入れて……！」

とうとう真理亜が挿入をせがみ、粗相したかと思えるほどトロトロと大量の愛液を漏らした。

やがて彼も口を離し、前後の穴からヌルッと指を引き抜くと、

「あう」

その刺激に真理亜が呻き、キュッと穴を引き締めた。

膣内に入っていた二本の指の間には愛液の膜が張り、白っぽく攪拌（かくはん）されたヌメリに指がまみれていた。

指の腹は湯上がりのようにふやけてシワになり、肛門に入っていた指に汚れはなく爪にも曇りはないが、生々しいビネガー臭が感じられて興奮した。

「じゃ、まず後ろ向きになって下さいね」

美男は言い、彼女をうつ伏せにさせ、裾をめくって四つん這いにさせた。

真理亜も豊満な尻を突き出してきた。白い肌が、黒衣とコントラストになって映えた。

彼も膝を突いて股間を進め、バックから先端を膣口に押し当て、感触を味わいながらゆっくりヌルヌルッと挿入していったのだった。

4

「アアッ……! こ、こんな獣のような格好で……」

真理亜が背を反らせて喘ぎ、尻を振りながらキュッと締め付けてきた。

裾を大きくまくり上げて尻を抱えると、着衣なのに肝心な部分が結合している興奮が湧き、美男がズンズンと腰を前後させると、濡れた肉襞の摩擦とともに股間に尻の丸みが当たって弾み、何とも心地よかった。

真理亜も顔を伏せて息を弾ませ、収縮を高めながら大量の愛液を漏らし、内腿にまで伝い流れはじめていた。

しかし摩擦も尻の密着感も心地よいが、やはり唾液も吐息も感じられないままここで果てる気にはなれなかった。

やがて動きを止め、ヌルッと引き抜くと、

「あう……」

真理亜が快楽を中断させられて呻き、支えを失ったように突っ伏した。

それを横向きにさせ、下の内腿に跨がり、上の脚に両手でしがみつきながら再び松葉くずしで挿入。

「ああ、すごい……！」

根元まで貫かれ、彼女が横向きになって喘いだ。

互いの股間が交差しているので密着感が増し、締め付けと摩擦ばかりでなく擦れ合う滑らかな内腿の感触が良かった。

そして何度か腰を突き動かしたが、これも体位を味わうだけに留め、また彼は引き抜いて真理亜を仰向けにさせた。

今度は正常位でヌルヌルッと一気に挿入し、温もりと感触を嚙み締めた。

「アア……、も、もう……」

真理亜が、両手を伸ばして言った。

「もう、抜かないで……」

真理亜が上気した顔で、朦朧となりながら口走った。

美男も脚を伸ばして身を重ね、上からピッタリと唇を重ね、舌を挿し入れて歯並びを舐めた。

「ンンッ……！」

真理亜も下から激しくしがみつきながら、熱く鼻を鳴らして舌をからめた。

腰を突き動かしはじめると、すぐにもクチュクチュと淫らな摩擦音が響き、

「ああッ……、いきそう……」

真理亜が口を離して喘いだ。

今日も美熟女シスターの吐息は濃厚な白粉臭の刺激が含まれ、彼は鼻腔を掻き回されながら高まっていった。

「オマ×コ気持ちいいって言って」

囁くと、真理亜が激しくかぶりを振った。

「言わないと抜きます」

動きを止めて身を起こそうとすると、

「い、言うから止めないで……、オ、オマ×コ気持ちいい……、アアッ！」

真理亜が声を震わせて言い、自分の言葉に激しく喘いだ。収縮も増して、愛液も大洪水になって互いの股間をビショビショにさせた。

「このオチ×チン好きって言って」

「こ、このオチ×チン好きよ……、アア、もっと突いて……！」

真理亜が声を上ずらせてせがみ、自分からもズンズンと股間を突き上げた。

美男も悩ましい吐息を嗅ぎながら絶頂を迫らせていったが、やはり最後は女上位で唾液をもらいたかった。

「もう一回だけ抜きますね。上になって下さい」

言いながらヌルッと引き抜くと、

「あうう……、意地悪……」

今にも達しそうになっていた真理亜が呻き、彼が横になると渋々身を起こしていった。

美男は仰向けになり、真理亜は自分で裾を大きくからげて跨がった。

愛液に濡れた先端に割れ目を押し当て、待ち切れないように腰を沈めると、また彼自身はヌルヌルッと根元まで嵌まり込んだ。

「アアッ……！」

真理亜が顔を仰け反らせて喘ぎ、もう抜かせまいとするようにギュッと座り込んで股間を密着させてきた。

そして自分で、胸元のボタンを外して開き、白く豊かな乳房をはみ出させてきたのである。

彼も抱き寄せて潜り込み、チュッと乳首に吸い付いて舐め回した。

「あう……、噛んで……」

真理亜が言うので、彼も軽く前までコリコリと乳首を刺激してやった。

「アア……、もっと強く……」

まるで贖罪(しょくざい)でも求めるように彼女はせがみ、クネクネと激しく身悶えた。

美男も左右の乳首を舌と歯で愛撫し、乱れた胸元から腋の下に潜り込み、湿った腋毛に籠もる濃厚に甘ったるい汗の匂いに噎せ返った。

彼女も股間を擦り付けるように動かし、コリコリする恥骨まで痛いほど押し付けてきた。

彼は両膝を立てて蠢く尻を支え、下から顔を引き寄せ、

「強く唾を吐きかけて……」

言うと、真理亜もすぐ唇に唾液を溜めて迫り、強くペッと吐きかけてくれた。快感の高まりに、もう何も抵抗が無く、言われるまま行って絶頂を迫らせているようだった。

かぐわしい吐息と生温かな唾液の固まりを鼻に受け、美男も激しく高まった。

「しゃぶって……」

さらにせがむと、真理亜も厭わず彼の鼻の頭をしゃぶり、左右の穴にも舌先を潜り込ませて蠢かせた。

美人シスターの唾液と吐息の匂いに酔いしれ、しかもベールもそのままの着衣だから禁断の興奮も加わった。はみ出した乳房も実に艶めかしく、たちまち二人の動きはリズミカルに一致し、股間をぶつけ合うように動き続けていた。

「い、いく、気持ちいい……！」

とうとう美男も口走るなり、大きな絶頂の快感に全身を貫かれてしまった。

同時に、ドクンドクンと勢いよく熱いザーメンをほとばしらせると、

「あう、いい……、すごいわ、アアーッ……！」

奥深くに噴出を感じたらしい真理亜も、激しく声を上げて身悶えた。

そのままガクガクと狂おしいオルガスムスの痙攣を繰り返し、大量の熱い愛液

を漏らしてきた。

美男は心ゆくまで快感を嚙み締め、最後の一滴まで出し尽くすと、満足しながら徐々に突き上げを弱めていった。

本当にいつものことながら、延々とした行為は楽しいのに果ててしまうとあっという間だ。だからといって、果てないわけにもいかない。

「アア……」

すると彼女も小さく声を洩らし、精根尽き果てたようにグッタリと力を抜いてもたれかかってきた。

まだ息づく膣内でヒクヒクと過敏に幹を震わせながら、彼は真理亜の吐き出す濃厚な甘い息を嗅ぎながら、うっとりと余韻を味わった。

そして呼吸を整えると、彼女は手を伸ばして枕元のティッシュを取り、身を起こしていった。

僧衣の裾をめくり、内側を汚さないよう気をつけながら股間にティッシュを当て、そろそろと股間を引き離した。あとは割れ目を拭いながら屈み込み、愛液とザーメンに濡れた亀頭にしゃぶり付いてきた。

「あう……」

美男は刺激に呻き、ビクリと身を強ばらせたが、真理亜は念入りにヌメリをすすり、舌をからめて綺麗にしてくれたのだった。

「く……、も、もういいです、有難う……」

彼が腰をくねらせて降参すると、ようやく真理亜も顔を上げた。

「私はシャワーを浴びるので、このままお帰り下さい」

「一緒に浴びましょう」

彼は、また真理亜のオシッコを欲し、二回戦目に突入したくて答えた。

「いいえ、間もなくお祈りの時間ですので、どうか」

真理亜は頑なに答え、脱いでいた下着とストッキングを手にした。

「分かりました。じゃ次に伺うときはＬＩＮＥしますので」

美男も仕方なくベッドを下りて答え、手早く身繕いをした。

そして部屋を出ると、すぐに真理亜はドアを閉めて内側からロックし、そのままバスルームに行ったようだ。

寄宿舎を出た美男は、まだ鼻の穴に真理亜の唾液の匂いが残り、歩くと股間が擦れてすぐにも回復しそうだった。

（本当に、ここのところ自分で抜いていないな……）

美男は、学内にある喫茶店に入り、コーヒーを飲んで休憩しながら思った。

もちろんオナニーなどより、格段に素晴らしい日々の実体験の方が良いのだから、文句のあるはずもない。

5

そのとき怜香からＬＩＮＥが入った。

「さっき猿田君から連絡が来ました。付き合っている人はいるかって」

そう書かれていたので、猿田と川津は、まだ半信半疑だったらしく怜香に直接訊いたらしい。

「そう、それで？」

「栗田先生とお付き合いしてるわ、って答えたら、ああ、やっぱり、じゃ諦めます、だって」

「そうか、それでいいよ」

美男も、そのように返信しておいたが、さらに怜香からのＬＩＮＥは続いた。

「明日の午前中、アパートに行ってもいいでしょうか。実は今夜もお姉さんと泊まるんです」

怜香が言う。残り少ない夏休みを、また彼女は奈津美と過ごしていろいろお喋りしたいのだろう。

「うん、構わないよ。でもなるべくシャワーと歯磨きとトイレ洗浄は控えてね」

「努力しますね」

返信すると、怜香はそう答え、羞じらいを含んだ顔文字を添えてLINEを終えたのだった。

(明日は、美少女の番か……)

美男はそう思うと、激しく勃起してきてしまった。

そして股間を静めながら残りのコーヒーを飲んでいると、今度は奈津美からLINEが入ったのである。

「怜香とも話したのだけど、明日は私も一緒に行って、三人で遊びましょう。きっと賑やかで楽しいですよ」

そう書かれていて、美男は激しく胸を高鳴らせた。

遊ぶというのは、三人で淫らなことをするという意味だろう。

ましてて怜香と奈津美はレズごっこしている仲だし、美男と関係を持っていることも互いに知っているので、抵抗なく三人で戯れられるかも知れない。

（ふ、二人を相手に……）

美男はそう思うと、静まりかけた股間がまたムラムラと怪しくなってきてしまった。

今ごろシャワーを浴びて身繕いをした真理亜は、美男がそんなことを打ち合わせているなど夢にも思っておらず、敬虔に祈りを捧げるのだろう。

「うん、もちろんいいよ。十時頃かな？」

彼も返信し、怜香に言ったのと同じように匂いをそのままに来るようにと念を押してから、奈津美とのＬＩＮＥを切った。

あるいは今夜、怜香と奈津美は互いに舐め合ったりし、快感を得てから明日、今度は男を求めて来るのではないか。それなら通常以上に、互いの匂いは濃くなっているかも知れない。

コーヒーを飲み干した彼は、残りの水を飲んで何とか勃起を抑えた。

そして支払いをすませると大学を出て、自転車に乗った彼は日が傾く頃アパートへと戻った。

また冷凍物で夕食を済ませ、あとは眠くなるまでネットをあれこれ見たり、特殊能力の使い道などを考えた。

明日のことを思うと勃起して、思わず自分で抜いてしまいたくなるが、もちろん我慢して美男は横になり、やっとの思いで眠ったのだった。

そして翌朝、七時過ぎには起きて朝食をすませ、玄関や室内、トイレなどの掃除をしてからシャワーを浴びた。洗濯済みのものに着替えて歯磨きも終えると、九時半を回った。

ソワソワしながら待っていると、十時前にアパートの前に車の停まる音がし、間もなくドアがノックされた。

いそいそしてロックを外して開けると、奈津美と怜香が入ってきた。

何と奈津美は巫女の衣装、怜香は高校時代のセーラー服姿ではないか。

「うわ、驚いた……」

「こういう格好の方が好きでしょう。でもコスプレじゃなく本物よ」

奈津美が言い、怜香もドアを内側からロックして二人で上がり込んできた。

どうやら奈津美の提案で、怜香は高校時代の制服を引っ張り出し、奈津美の家へ行って一泊したようだった。

そして今日は、神社からタクシーでここへ来たらしい。

奈津美の衣装は前と同じ、白い衣に朱色の袴だ。

怜香は白い半袖のセーラー服で、濃紺の襟と袖だけ白い白線が三本、スカーフは白で濃紺のスカートである。

可憐な怜香は、現役の女子高生のようだった。

そして女子高で三年間着た証拠に、スカートの尻は微かにすり切れて光沢を放ち、まだ卒業して五カ月ばかりだから体形も変わっていないだろう。

たちまち二人の熱気に、狭い室内は生ぬるい匂いが甘ったるく立ち籠めはじめていった。

「ゆうべは、二人で色々したの？」

美男が布団に座って訊くと、怜香が隣に腰を下ろし、奈津美は椅子に掛けた。

「ええ、栗田先生のお話ばっかり」

奈津美が答えた。

「あれこれもしたの？　女同士で」

「もちろん、処女を失った怜香のアソコも舐めてあげたし、私もいっぱい気持ち良くしてもらったわ」

奈津美の言葉に、怜香の頬が染まって甘い匂いが濃くなり、彼はムクムクと激しく勃起してしまった。美女と美少女のカラミは、一体どれほど清らかで艶（なま）めかしいものだろうか。

「でも結論は、やっぱり男が良いということになって、私の新しい彼氏が出来るまでは、先生を怜香と共有しようということになったの」

奈津美が言い、怜香も小さく頷いた。

怜香の表情も明るいので、どうやら美男への独占欲などよりは、好きなお姉さんの考えに抵抗なく同調しているようだった。

「じゃ、とにかく脱いで下さいね。私たちは、せっかくだからしばらく着たままでいるので」

奈津美が言って立ち上がると、怜香も身を起こして布団の場所を空けた。

二人とも、すぐにもヤル気満々になり、圧倒される思いで彼は手早くシャツと短パンを脱いでいった。

二人が着衣だから羞恥が湧き、やがて彼はモジモジと最後の一枚を脱ぎ去り、全裸になると万年床に仰向けになっていった。

もちろん彼自身は、激しい期待と興奮でピンピンに突き立っている。

「すごい勃ってるわ。嬉しい……」

奈津美が座って顔を寄せて言うので、怜香も反対側から彼のペニスに屈み込んできた。

そして二人は申し合わせたように、同時にチロチロと張り詰めた亀頭に舌を這わせてきたのだった。

「あうう……、気持ちいい……」

美男は二人がかりの愛撫に幹を震わせ、熱く声を洩らした。

股間を見れば、尼寺と神社の娘が、セーラー服と巫女姿で顔を寄せ合い、熱い息を混じらせて亀頭をしゃぶっているのである。

まるで美しい姉妹が、一本のソフトクリームでも食べているようだ。

「湯上がりの匂い。ずるいわ、自分だけシャワーを浴びたばかりね」

と、奈津美が顔を上げて言う。

「私たちは、ゆうべからシャワーも我慢して来たのよ」

「うん、有難う。でも僕だけは綺麗にしておかないと」

彼が奈津美に答えると、単に少しだけ味見したように二人が身を起こし、怜香はスカートをめくり、ショーツと靴下だけ脱ぎ去ったのだった。

「じゃ最初は二人の好きにさせてほしいので、じっとしていて下さいね」

奈津美が言うと、彼は期待に胸を高鳴らせながら身を投げ出した。

すると二人は左右から挟むように美男の両側に座り、同時に屈み込んで、彼の両の乳首にチュッと吸い付いてきたのだった。

熱い息は肌をくすぐり、チロチロと舌が這い回ると、ダブルの愛撫だから快感も二倍以上だった。

「アア、気持ちいい……、嚙んで……」

美男は身悶えながら言い、さらなる強い刺激を求めた。

すると二人も、綺麗な歯並びでキュッと左右の乳首を嚙んでくれた。

「あう、もっと強く……」

彼は身をくねらせてせがみ、甘美な痛みに興奮を高めていった。

二人もモグモグと歯を立て、徐々に乳首から脇腹、下腹へと移動していった。

まるで全身を、美女と美少女に食べられていくようだ。自分が猪八戒なら、二人は魔性の妖怪たちである。

やがて二人は、日頃から彼がしているように股間を後回しにし、脚を舐め下りていった。

足裏が舐められ、二人はためらいなく爪先にしゃぶり付き、順々に指の股にヌルッと舌を割り込ませてきたのだった。

まるで生温かな泥濘(ぬかるみ)でも踏むような感覚で、女性の最も清潔な口に両の足指が入っていることが信じられない思いだった。

二人は息を弾ませ、貪るように舌を挿し入れては吸い付き、全ての指の股を味わい尽くしたのだった。

第五章　昇天儀式

1

「あう、いいよ、そんなところ舐めなくても……」

美男は、奈津美と怜香に両の爪先をしゃぶられながら、申し訳ない思いで言った。だがそれにしては、充分に舐めてもらってから言ったのである。

やがて二人は彼を大股開きにさせ、脚の内側を舐め上げてきた。

二人が股に顔を割り込ませ、左右の内腿を舐めると、

「そ、そこも嚙んで……」

美男は、腰をくねらせてせがんだ。

すると二人も大きく口を開いて肉をくわえ、モグモグと咀嚼するように食い込ませた歯並びを蠢かせてくれた。

「ああ、気持ちいい……、痕が付いてもいいからもっと強く……」

彼は甘美な刺激に身悶えながらせがみ、二人も充分に嚙んでくれた。

前歯で嚙まれると痛いだけだが、口いっぱいに肉をくわえ込み、歯の全体で嚙まれるのは実に心地よい刺激だった。

やがて淡い歯形を左右の内腿に記してから、いよいよ二人は頰を寄せ合い、熱い息を股間に混じらせて中心部に迫った。

すると先に、二人は彼の両脚を浮かせ、左右の尻の丸みにも舌を這わせて歯を立て、まず奈津美がチロチロと肛門を舐めてくれた。

そしてヌルッと舌先が潜り込むと、

「あう……！」

美男は妖しい快感に呻き、肛門で奈津美の舌先を締め付けた。

彼女は内部で舌を蠢かせてから引き抜くと、すかさず怜香が同じように舐め、潜り込ませてくれた。

「く……！」

美男は微妙に異なる感触に呻き、やはり肛門で美少女の舌先をモグモグと味わった。

やがて怜香が舌を引っ込めると、二人は彼の脚を下ろし、顔を寄せ合いながら同時に陰嚢にしゃぶり付いた。舌を這わせてそれぞれの睾丸を転がし、袋全体が混じり合った唾液に生温かくまみれた。

そして充分に舐め尽くすと、二人は顔を上げ、肉棒の裏側と側面を一緒に舐め上げてきたのである。

恐る恐る股間を見ると、神秘の巫女と可憐なセーラー服がチロチロと舌を這わせ、粘液の滲む尿道口を交互に舐めてくれていた。

もちろんすでにレズごっこをしている二人は、同性の舌が触れ合っても抵抗なく、張り詰めた亀頭をしゃぶり合っている。

亀頭がミックス唾液で充分に濡れると、やはり姉貴分の奈津美が先に、丸く開いた口でスッポリと喉の奥まで呑み込んできた。

吸い付きながら、クチュクチュと舌をからめ、スポンと口を引き離すと、すぐに怜香が含んで舐め回し、チュパッと軽やかな音を立てて口を離した。

「ああ……」

美男は快感に身悶え、もうどちらの口に含まれているかも分からないほど朦朧となって喘いだ。

「どうする？　お口に出しちゃう？」

顔を上げて奈津美が言うので、

「い、いや、まだ勿体ない……。今度は僕が足を舐めたい……」

美男は息を弾ませて答えた。

「いいわ」

すると奈津美が答え、怜香と一緒に身を起こしてきた。そして仰向けの美男の顔の左右に立ち上がり、体を支え合いながら片方の足を、そっと彼の顔に乗せてくれたのである。

「ああ、嬉しい……」

美男は二人分の足裏を顔に受け、うっとりと喘いだ。

舌を這わせながら見上げると、巫女と女子高生が裾を揺らして男を踏んでいるのだ。

二人の指の間に鼻を押し付けて嗅ぐと、どちらも生ぬるい汗と脂に湿り、ムレムレの匂いを濃厚に沁み付かせていた。

爪先にしゃぶり付き、二人分の指の股を念入りにしゃぶると、

「ああン……！」

怜香が喘ぎ、奈津美にしがみついた。

やがて味わい尽くすと足を交代してもらい、彼は全ての指の股の匂いと味を堪能したのだった。

「じゃ、跨いでしゃがんで」

真下から言うと、やはり先に奈津美が跨がり、袴と着物の裾をめくり上げ、ゆっくりとしゃがみ込んできた。白く滑らかな脚がM字に開き、濡れた割れ目が鼻先に迫った。

下から腰を抱え、茂みに鼻を埋め込んで嗅ぐと、生ぬるく蒸れた汗とオシッコの匂いが濃厚に籠もり、悩ましく鼻腔が刺激された。

彼は酔いしれ、うっとりと胸を満たしながら舌を挿し入れ、淡い酸味の蜜に濡れた膣口を掻き回し、クリトリスまで舐め上げていった。

「アアッ……、いい気持ち……」

奈津美が熱く喘ぎ、彼は味と匂いを貪ってから、尻の真下に潜り込んで谷間の蕾に鼻を埋めて嗅いだ。

そこにも蒸れたビネガー臭が沁み付き、美男は顔中で双丘を受け止めながら舌を這わせた。ヌルッと潜り込ませ、淡く甘苦い粘膜を探ると、

「あう、洗ってないので恥ずかしいわ……。怜香にしてあげて……」

奈津美が呻いて言い、ビクッと股間を引き離してしまった。

そして移動すると、怜香が羞じらいながら跨がり、ゆっくりしゃがみ込んできた。ムチムチと健康的な張りを持つ内腿が、さらに張りつめ、ぷっくりした割れ目が鼻先に迫ってきた。

若草の丘に鼻を擦りつけて嗅ぐと、汗と残尿臭に混じり、ほのかなチーズ臭も混じって彼の鼻腔を掻き回してきた。

彼は美少女の恥ずかしい匂いに酔いしれながら舌を這わせ、清らかな蜜をすすって膣口からクリトリスまで舐め上げていった。

「あん……！」

怜香が声を上げ、思わずギュッと座り込みそうになった。

美男はチロチロとクリトリスを探っては溢れるヌメリをすすり、尻の真下に潜り込んだ。可憐な蕾に鼻を埋めると、やはり秘めやかな匂いが蒸れて籠もり、妖しく鼻腔を刺激してきた。

充分に嗅いでから舌を這わせて襞を濡らし、ヌルッと潜り込ませると、
怜香が息を詰めて呻き、きつく肛門で舌先を締め付けてきた。

「く……、恥ずかしい……」

彼にとって二人の女性を相手にするのは贅沢な快感だが、怜香にとっても、憧れのお姉さんと一緒だと羞恥や快感が増しているのかも知れない。

熱く清らかな愛液は、奈津美に負けないほど大量に溢れてきた。

やがて舌を引っ込めると、奈津美がもう一度屈み込んで亀頭をしゃぶり、たっぷりと唾液にまみれさせて顔を上げた。

「我慢できないわ。入れていいですね」

言うなり裾をめくって跨がり、先端に割れ目を押し当てると、ヌルヌルッと一気に根元まで受け入れていった。

「アアッ……、奥まで感じるわ……」

奈津美が股間を密着させて喘ぎ、完全に座り込んだ。そして胸元をはだけさせて、白く張りのある乳房をはみ出させてきたのである。

美男も、温もりと潤い、締め付けと摩擦を味わいながら高まり、ズンズンと股間を突き上げた。

すると奈津美も彼の胸に両手を突っ張り、上体を反らせて激しく腰を動かしはじめたのである。

溢れる愛液に律動が滑らかになり、膣内の収縮が伝わってきた。

「す、すぐいきそうよ……、いい気持ち……」

奈津美が声を上ずらせ、腰の動きを早めてきたので、すぐすむのならと美男は必死に堪えることにした。何しろ次が控えているのだから、いちいち果てていたら身が持たなくなってしまう。

奈津美は、ピチャクチャと淫らな摩擦音を響かせながら、髪を乱して実に艶めかしい表情で喘いだ。

「い、いっちゃう……、アアーッ……！」

よほど欲求が溜まっていたのか、すぐにも奈津美はオルガスムスに達してしまい、ガクガクと狂おしく痙攣した。

その収縮と締め付けの中でも、何とか美男は堪えきり、ようやく奈津美がグッタリと覆いかぶさってきた。

「ああ、良かった……、次は怜香にしてあげて……」

奈津美は息を弾ませて言い、そろそろと股間を引き離しゴロリと横になった。

すると怜香も遠慮なく迫って跨がり、奈津美の愛液に熱く濡れた先端に割れ目を押し付けてきたのだ。

位置を定めると息を詰め、ゆっくり腰を沈めながら、ヌルヌルッと彼自身を根元まで受け入れ、ぺたりと座り込んでいった。

2

「アアッ……、いい気持ち……」

怜香が股間を密着させて言い、美男も肉襞の摩擦と熱いほどの温もりを感じながら、両手を伸ばして美少女を抱き寄せた。

そしてセーラー服をたくし上げると下はノーブラで、すぐにも張りのあるオッパイが弾けるようにはみ出してきた。

潜り込むようにしてピンクの乳首にチュッと吸い付き、舌で転がしながら顔中で膨らみを味わうと、乱れた制服に籠もった甘ったるい汗の匂いが鼻腔を刺激してきた。

「ああ……、感じる……」

怜香が喘ぎ、膣内を締め付けてきた。

美男は左右の乳首を味わい、セーラー服に潜り込んで腋からも漂う濃厚な体臭を貪った。

さらに隣で荒い呼吸を繰り返している奈津美の胸も引き寄せ、その乳首に吸い付いて、微妙に異なる汗の匂いに酔いしれた。

「ああ……、いいわ……」

奈津美は、まだ快感をくすぶらせて喘ぎ、横からピッタリと密着してきた。

美男は徐々にズンズンと股間を突き上げながら、二人分の乳首を味わい、腋の匂いを貪った。

怜香も大量の蜜を漏らし、懸命に動きを合わせながら収縮を高めていった。

彼は充分に二人の乳首を味わってから、怜香に唇を重ね、横にいる奈津美の顔も引き寄せて、三人で舌をからめた。

これは実に贅沢な体験である。

三人が鼻を突き合わせて舌を舐め合うので、怜香と奈津美の吐息が混じり、彼の顔中が心地よい湿り気を帯びた。それぞれの舌が滑らかに蠢き、混じり合った唾液が生温かく垂れてきた。

徐々に突き上げを強めていくと、

「アアッ……、奥が、熱いわ……」

怜香が口を離して喘ぎ、初回よりずっと大きな快感が押し寄せているようだった。

美男は、それぞれの口に鼻を押し付けて熱い息を嗅ぎ、うっとりと胸を満たした。

怜香は甘酸っぱい果実臭、奈津美は甘い花粉臭で、どちらもほのかなオニオン臭の刺激を含んで悩ましく彼の鼻腔を掻き回してきた。

やはりケアして無臭に近いより、刺激が濃い方がギャップ萌えする。

「唾を垂らして。いっぱい……」

下からせがむと、二人も懸命に唾液を分泌させて口に溜め、順々に顔を寄せてトロトロと白っぽく小泡の多い唾液を吐き出してくれた。

美男は二人分の大量の唾液を口に受けて味わい、うっとりと喉を潤して酔いしれた。

「顔中もヌルヌルにして……」

動きながら言うと、二人も彼の鼻の穴や頬、瞼にまでヌラヌラと舌を這わせ、というより吐き出した唾液を舌で顔中に塗り付けてくれた。

濃厚な吐息と唾液の匂いに包まれ、ヌメリにまみれながら美男は激しく高まってきた。そして肉襞の摩擦と締め付けの中で、とうとう絶頂の快感に貫かれてしまった。

「い、いく……！」

彼は口走ると同時に、熱い大量のザーメンをドクンドクンと勢いよくほとばらせ、美少女の内部に注入した。

「あう、熱いわ……、すごい……！」

噴出を感じた怜香も声を上げ、ガクガクと狂おしい痙攣を起こし、膣内の収縮を最高潮にさせた。そしておねしょでもしたかと思えるほど、熱い噴出が彼の股間をビショビショにさせてきたのだ。

どうやら、膣感覚によるオルガスムスが得られたらしい。

美男は激しく股間を突き上げて快感を噛み締め、心置きなく最後の一滴まで出し尽くしていった。

すっかり満足しながら突き上げを弱めると、

「アア……」

怜香も声を洩らし、力尽きたようにグッタリともたれかかってきた。

彼は美少女の重みと、横から密着する美人巫女の温もりを味わい、まだ息づく膣内でヒクヒクと過敏に幹を跳ね上げた。すると怜香の膣内も、応えるようにキュッキュッと締め上げてくれた。

そして美男は、二人の喘ぐ口に鼻を押し込み、かぐわしく濃厚な吐息を胸いっぱいに嗅ぎながら、うっとりと余韻に浸り込んでいったのだった。

「いったのね、怜香……」

奈津美が自分のことのように嬉しげに言い、怜香の髪を撫でてやっていた。

そして呼吸が整うと、

「さあ、汚さないように脱ぎましょう」

奈津美が言って身を起こし、手早く袴と着物を脱ぎ去り、怜香を起こしてセーラー服を脱がせた。

たちまち二人も一糸まとわぬ姿になって、脱いだものをきちんと置くと、やがて三人でバスルームへと移動した。狭い洗い場で身を寄せ合い、シャワーを浴びると二人もようやくほっとしたようだった。

もちろん美男は、一回の射精で気がすむはずもなく、まして二人もいるのだから回復も倍の速さでピンピンに勃起していた。

やがて彼は床に座り、二人を左右に立たせた。

「肩を跨いで、オシッコかけて」

二人の脚を抱え込んで言うと、彼女たちも恐る恐る両の肩に跨がり、顔に股間を突き出してくれた。

左右の割れ目に鼻を埋めたが、もう大部分の濃い匂いは消えてしまったが、それでも舐めると新たな愛液が溢れてきたので、二人もまだまだする気でいるようだった。

「あう、すぐ出ちゃいそう……」

「いいのかしら、本当に……」

怜香が息を詰めて言うと、まだ未体験の奈津美もさすがに尻込みしながら、懸命に尿意を高めはじめたようだった。

期待するうち、彼自身は完全に元の硬さと大きさを取り戻し、先に怜香の割れ目からポタポタと熱い雫が滴ってきた。

「出る……」

息を詰めて怜香が短く言うなり、チョロチョロと出はじめた。

それを口に受けると、味と匂いは前回よりやや濃いが心地よく舌を濡らした。

「あう、出るわ……」

するといくらも遅れずに奈津美が声を洩らし、いきなりチョロチョロと熱い流れが肌に注がれてきた。

美男は左右の割れ目に交互に迫って味わい、温かな流れで肌を濡らされてうっとりと酔いしれた。

どちらも味も匂いもほど良い感じだが、二人分となると濃く感じられた。

やがて徐々に勢いが弱まり、二人とも流れが治まってしまった。

彼は滴る雫を交互にすすり、混じり合った残り香の中で二人の割れ目を念入りに舐め回した。

「アア……、も、もういいわ……」

奈津美が言ってビクリと腰を引くと、怜香もしゃがみ込んでシャワーの湯を浴びた。

そして二人は美男の歯ブラシを使い、順々に歯磨きをしたが、もちろんミント臭は好まないので、歯磨き粉は付けさせなかった。

美男は二人の口に溜まった歯垢混じりの唾液もすすり、吐息の匂いは薄れてしまったが、もう我慢できないほど興奮を高めてしまった。

やがて三人で全身を洗い流し、身体を拭いてバスルームを出ると、すぐにも全裸のまま布団へと戻った。

「ね、飲みたいわ。それでもいい？」

奈津美が言うので、彼も頷いて仰向けになった。

すると二人が同時に顔を寄せ、張り詰めた亀頭にしゃぶり付いてくれたので、彼は二人に尻をこちらに向けさせ、指で割れ目を探った。

愛液をつけた人差し指を、二人の肛門に浅く潜り込ませ、親指を膣口に入れて間の肉をつまむと、

「ンンッ……！」

二人は熱い息を股間に籠もらせ、色っぽく尻をくねらせた。

美男は、まるで柔らかなボーリングの球でも握るように、二人の前後の穴をいじりながら、舌の蠢きと吸引に高まっていった。

それぞれのコスチュームも良かったが、全裸姿が並ぶのも実に贅沢な眺めである。ここで二人の口に射精し、それで気がすむだろうかと少し心配になるほどだった。

やがて彼は、二人の舌に翻弄されて二度目の絶頂を迎えた。

「い、いく……、気持ちいい……!」

突き上がる快感に口走りながら、ありったけの熱いザーメンを勢いよくほとばしらせると、

「ンン……」

ちょうど含んでいた怜香が喉の奥を直撃されて呻き、口を離すと、すかさず奈津美がしゃぶり付き、最後の一滴まで吸い出してくれたのだった。

「あう……」

美男は、魂まで吸い出される勢いで呻き、身を反らせながらヒクヒクと過敏に幹を震わせた。そして二人は顔を寄せ合って噴出を貪り、喉を鳴らしながら最後まで舌で綺麗にしてくれたのだった……。

3

「明日良ければ、寺へ来ていただけないでしょうか」

昨夜の寝しな、美男は春恵からのＬＩＮＥを受けた。彼は淫らな誘いかと思ったが、そうではなかった。

「私と怜香は、亡夫の法要で一日空けてしまいます。若い尼が三人いるので、何かと男手が足りず困るかも知れないので、良ければお手伝い下さい」

春恵がそう言うので、今日は朝から、美男は尼寺へと出向いた。

もちろん淫らな誘いでなくても、朝食後の歯磨きとシャワーは欠かさない。

駅からのバスを降り、蟬の声を聞きながら山門から入ると、もう尼僧たちは庭の掃除も終え、本堂の雑巾がけもすませる頃合いだった。

「まあ、美男さんですね。庵主様から伺っております。さあどうぞ」

一人が気づいて言い、他の二人も大歓迎して彼を庫裡に招き入れてくれた。

みな三十歳前後か、整った顔立ちをしているが、夏用の薄い作務衣姿で、青々と剃った頭もそのまま露わにしていた。

ぽっちゃりして目の大きな狸顔に、細面の狐顔、そしてメガネをかけて知的な雰囲気のある人で、誰もそれぞれに魅力的だった。

名乗られたが、すぐに漢字も浮かばないので訊かなかったが、三十前後の若さで帰依したのだから、みなそれぞれに深い事情を抱えているのだろう。

美男は庫裡の座敷で麦茶を振る舞われた。メガネ尼僧の部屋らしく、狸美女に狐美女の部屋も並んでいるらしい。

「よろしくお願いします。僕は何をお手伝いすればよろしいですか」

美男は麦茶で喉を潤しながら、三人分の混じり合った甘ったるい体臭に思わず股間を熱くさせてしまった。

手伝いなら、猿田と川津も呼べば良かったと思ったが、

「実は、私たちの煩悩を癒して頂きたいのです」

言われて、彼はドキリと胸を高鳴らせた。

すると三人は、それぞれの事情を話してくれた。

狸美女と狐美女は、それぞれ春恵のように若くして未亡人となり、子もいないので亡夫を思うあまり帰依したらしい。

そしてメガネ美女は、何と前科持ちで、出所して得度したようだった。

してみると三人とも処女ではなく、それなりに快楽も知った上で俗世を離れる決意をしたのだろう。

「そうですか。皆さんご苦労されたのですね」

「でも、何年か修行していても、ときに体の奥が疼いて仕方がなくなります」

メガネ美女が言った。

確かに、男の僧なら修行の邪魔だといってペニスを切り取った人もいたと聞く

が、女ではそうもいかないだろう。

「かと言って修行中の身で抜け駆けも出来ませんので、それならば三人一緒に、一人の殿方を相手にしようということになり、迷いながらも庵主様にご相談したところ美男さんをと」

では、春恵も承知で美男を呼んだのだ。彼女たちを無理に管理するより、たまには息抜きさせてやろうと思ったのかも知れない。

それならなおさら、猿田と川津にも良い思いをさせてやりたかったが、やはり春恵は、複数の男に秘密を知られたくなかったのだろう。

話しながら美男は、それぞれ魅惑的な尼僧たちを前に、痛いほど股間を突っ張らせてしまった。

「ご承知下さいますでしょうか」

「え、ええ、僕でよろしければご存分に」

彼が答えると、三人は顔を輝かせた。

「では私は戸締まりをして参ります」

狸美女が言って立ち、庫裡を出ていった。するとメガネ美女が押し入れを開けて手早く床を敷き延べてしまった。

「では、脱いでお待ち下さいませ。私たちは急いで身を清めて参ります。美男さんもシャワーを浴びたいでしょうが、何しろ私たちは、男の匂いにも飢えているものですから今のままで」

メガネ美女が静かな口調で言う。

「それならば、僕も同じです。女性の匂いは濃い方が燃えますので」

「まあ、それは恥ずかしいです……」

彼が言うと、冷静そうなメガネ美女が、微かな動揺を見せて答えた。自分たちはシャワーを浴びる段取りで、彼が来るまで掃除をしていたから、今の汗ばんだままというのは予想していなかったのだろう。

「どうか、お願いします。では脱ぎましょう」

美男が言って、自分から脱ぎはじめると、戻ってきた狸美女も顔を見合わせ、やがて意を決したように三人も作務衣を脱ぎはじめていった。

三人も昨夜入浴したきり、今日も早起きをして読経や掃除をして全身が汗ばんでいるようだった。

みるみる三人が肌を露わにしていくと、たちまち混じり合った汗の匂いが甘ったるく室内に立ち籠めていった。

先に全裸になった美男が布団に仰向けになると、三人もためらいなく一糸まとわぬ姿になり、囲むように彼を見下ろしてきた。

みな乳房は形良く、股間の翳り(かげ)も程よい範囲で艶めかしかった。

それにしても昨日、奈津美と怜香を相手に濃厚な3Pをしたというのに、今日は欲求を抱えた三十歳前後の尼僧を三人相手にするというのは何という幸運続きであろうか。

「久々の男……」

「こんなに勃って、なんて頼もしい……」

三人がキラキラと眼を輝かせて口々に囁き、彼のペニスに注目していた。

全裸になると、尼僧というよりも飢えた女囚にでも囲まれているような錯覚にさえ陥りそうだ。

すると真っ先にメガネ美女が屈み込み、張り詰めた亀頭に頬ずりしてきた。

中でも彼女が一番年上そうだし、見た様子からして貫禄があるのでリーダー格なのかも知れない。

そして狸美女が上からピッタリと美男に唇を重ねると、狐美女が彼の胸を撫で回し、乳首に吸い付いてきた。

「アア……」

三人がかりの愛撫に、美男は昨日以上の興奮と快感に包まれ、圧倒されながら熱く喘いだ。

熱く洩れる吐息は、まるで少女のように甘酸っぱい果実臭がし、彼は舌をからめながら尼僧の唾液をすすった。左右の乳首も念入りに舐められ、熱い息で肌がくすぐられ、ペニスもスッポリと喉の奥まで呑み込まれ、強く吸われて舌がからみついた。

股間に顔を埋める彼女は、剃髪の頭に全裸だがメガネだけは外さず、それがやけに艶めかしかった。

「ああ、男の匂い。でも薄いわ、来る前に浴びてしまったのね……」

狐美女が乳首から彼の腋に鼻を埋めて嗅ぎながらいい、なおも唾液に濡れた乳首を指で弄んでいた。

狸美女は執拗に舌を蠢かせ、熱い息を籠もらせながらなかなか口を離してくれなかった。

「ンン……」

ペニスをしゃぶるメガネ美女は熱く鼻を鳴らし、痛いほど執拗に吸った。

そしてスポスポと摩擦してから、スポンと口を離して顔を上げた。

「入れてもいいですか……」

しゃぶっただけで、すっかり高まったように彼女が言った。

美男も口を離して身を起こすと、

「入れる前に、みんなのアソコを舐めたいです」

言うと三人も顔を上げ、思わず顔を見合わせた。

「な、舐めてくれるのですか。シャワーも浴びていないのに……」

「それはそうです。では並んで寝て下さいね」

彼は言い、三人を川の字に並べて横たえた。

どうやら三人とも、すぐにも挿入するタイプで、今まで男に奉仕された経験が少ないようだった。だから今回も、順々に跨がって果てるだけの心づもりだったのかも知れない。

美男は、神妙に仰向けになって並んでいる三人の、まずはメガネ美女の足裏に舌を這わせ、意外に太くしっかりした指の間に鼻を割り込ませて嗅いだ。

蒸れた匂いが濃く沁み付き、彼が爪先にしゃぶり付いて順々に指の股に舌を挿し入れて味わうと、

「あう！」

彼女が驚いたように声を洩らし、ビクリと激しく反応した。

「そ、そんなこと……、しなくてよろしいのに……」

かつて服役していたメガネ美女でさえ、こうした体験はしていないのかも知れない。彼女は戦くように息を震わせ、激しく身をくねらせた。

美男は両足とも味と匂いを貪り尽くすと、隣の狐美女の足裏と指の股にも同じような愛撫をした。

こちらもムレムレの匂いが悩ましく沁み付き、鼻腔が刺激された。

4

「アァッ……、くすぐったいけど、いい気持ち……」

狐美女も激しく喘いで悶えた。

最後にぽっちゃりした狸美女の足裏を探り、蒸れた指の股の匂いを嗅いでから両足とも爪先をしゃぶって、全ての指の間を味わった。

そのまま美男は脚の内側を舐め上げ、彼女の股間に顔を埋め込んだ。

柔らかな茂みにはふっくらした生ぬるい匂いが濃厚に籠もり、彼女はキュッと量感ある内腿で美男の顔を挟み付けてきた。

汗とオシッコの蒸れた匂いを貪りながら舌を挿し入れ、すでに濡れている淡い酸味のヌメリを掻き回し、膣口からクリトリスまで舐め上げていった。

「ああ……、嬉しい……！」

狸美女が喘ぎ、身を反らせてガクガクと悶えた。

美男はクリトリスを舐め回してから、彼女の両脚を浮かせ、尻の谷間にも鼻を埋め、秘めやかで生々しい微香を嗅いでから舌を這わせ、ヌルッと潜り込ませていった。

「あう、信じられない……」

彼女が呻き、キュッと肛門で舌先を締め付けてきた。

待っている二人も、その様子に期待と興奮を高めながら、じっとしていた。

そして美男は前も後ろも味わうと、また真ん中の狐美女に戻り、股間に顔を埋め込んでいった。

割れ目は、狸美女に負けないほど大量の愛液にまみれ、茂みに鼻を擦りつけると、濃厚に蒸れた匂いが鼻腔を刺激してきた。

基本は汗と残尿臭なのだが、やはりそれぞれ微妙に異なるのは、彼女たち本来の体臭の違いなのだろう。

舌を這わせてヌメリを味わい、膣口を探ってクリトリスまで舐め上げると、

「アアッ……、いい……」

彼女も身を反らせて喘ぎ、内腿で顔を締め付けた。

淡い酸味の愛液をすすり、充分にクリトリスを舐めてから、脚を浮かせて尻の谷間に鼻を埋め込み、蕾に籠もる匂いを嗅いでから舌を這わせてヌルッと潜り込ませた。

「く……、いい気持ち……」

彼女も浮かせた脚を震わせて呻き、きつく肛門で舌先を締め付けた。

美男は充分に舌を蠢かせてから、またメガネ美女の股間に戻ってきた。

三人もの味と匂いを堪能できるとは、何という幸福であろうか。

割れ目は愛液が大洪水になり、これほどまでに欲求を溜めるほどの修行に意味があるのだろうかと思えるほどだ。

たまにはオナニーぐらいしてしまうかも知れないが、やはり今日は生身の男が相手と知って相当に期待が大きいようだ。

茂みに顔を埋め込むと、やはり濃い匂いが蒸れて沁み付き、それに愛液の生臭い成分も混じって彼の鼻腔を掻き回してきた。

胸を満たしながら舌を挿し入れ、息づく膣口を探ってクリトリスまで舐め上げていくと、

「あ……、い、いきそう……」

メガネ美女が身を弓なりにさせて口走り、ヒクヒクと下腹を波打たせた。

美男はクリトリスを舐めてはヌメリをすすり、同じように足を浮かせて尻の谷間を嗅ぎ、舌を這わせてヌルッと潜り込ませた。

「あう……、変な気持ち……」

彼女が呻き、美男も滑らかな粘膜を味わい、執拗に舌を出し入れさせた。

すると彼女が脚を下ろし、激しくせがんできたのだ。

「お願い、入れて……」

股を開いて言うので、彼も身を起こして股間を進め、先端を濡れた割れ目に擦り付けて潤いを与えると、やがてゆっくり膣口に挿入していった。

ヌルヌルッと根元まで貫くと、

「す、すごいわ……、アアーッ……!」

メガネ美女が仰け反って喘ぎ、心地よい摩擦と収縮で彼を深々と迎え入れた。

股間を密着させ、身を重ねていくと、それだけで彼女はガクガクと狂おしく腰を跳ね上げ、収縮と潤いを増したのだった。

あるいは挿入した途端に、オルガスムスに達してしまったのかも知れない。

美男はまだ動かず、屈み込んで左右の乳首を含んで吸い、形良い膨らみに顔を押し付けて感触を味わった。

メガネ美女は自分からズンズンと股間を突き上げ、あとは声もなく絶頂を味わっているようだった。

腋の下にも鼻を埋めると、やはり淡い腋毛があり、濃厚に甘ったるい汗の匂いが籠もっていた。

ようやく腰を突き動かしはじめると、

「も、もう止して、感じすぎます……!」

メガネ美女が嫌々をして口走った。どうやら、すっかり挿入快感を味わい、あとは敏感になっていくだけのようだ。

すぐにも果ててくれたので、美男も暴発せずにすみ、身を起こしてそっと股間を引き離した。

そして隣の狐美女の股を開かせ、愛液にまみれた先端を割れ目に擦り付け、同じようにゆっくり挿入していった。

熱く濡れた肉壺が、根元まで彼自身を受け入れ、キュッと締め付けてきた。

「アアッ……！」

細面の彼女が顔を仰け反らせて喘ぐと、彼も股間を押しつけて左右の乳首を舐め、生ぬるく湿った腋毛にも鼻を埋めて、濃厚に蒸れた汗の匂いを貪った。

そしてズンズンと腰を突き動かすと、

「い、いっちゃう……、ああーッ……！」

彼女もすぐに声を上ずらせ、ガクガクと痙攣しはじめたのだ。

良く締まる膣内の感触に、美男は懸命に暴発を堪えながら、彼女が静かになるまで腰を突き動かした。

「も、もう堪忍……」

狐美女が古風な物言いで降参したので、絶頂を迫らせていた彼もほっとして動きを止め、そろそろとペニスを引き抜いていった。離れた間に高まりを鎮めて淫気をリセットさせる。

そして最後に、狸美女の股を開かせようとすると、

「お、お願いです。上になっても構いませんか……」

彼女が言うので、美男も快く応じて仰向けになった。

すると狸美女が身を起こして跨がり、二人分の愛液にまみれた先端に割れ目を押し当ててきた。

息を詰めてゆっくり座り込むと、彼自身はヌルヌルッと滑らかに根元まで呑み込まれていった。

「アアッ……！」

彼女が顔を仰け反らせて喘ぎ、キュッと締め上げてきた。

ぽっちゃり系の彼女の巨乳が弾み、見ると濃く色づいた乳首からは白濁の雫が滲んでいるではないか。

（ぼ、母乳……）

美男は新鮮な興奮に包まれたが、あとで聞くと彼女は夫が死んだとき妊娠しており、ストレスにより死産。どうやらその二つが、帰依の理由になっていたのだろう。

子はいなくても母乳だけはまだ滲み、若妻だった頃の名残を残していた。

美男は両手で彼女を抱き寄せ、潜り込んで嬉々として乳首に吸い付いた。

母乳の雫は薄甘く、さらに強く吸い付くと生ぬるく舌を濡らしてきた。

「アア……、いい気持ち……」

彼が吸ってくれるので、狸美女も喘ぎながら自ら膨らみを揉み、絞るようにポタポタと母乳を搾り出してくれた。

美男は左右の乳首を吸っては、滲んでくる母乳で喉を潤し、さらに腋の下にも鼻を埋め、柔らかな腋毛に籠もる甘ったるい汗の匂いに噎せ返った。

すると彼女が自ら腰を動かし、股間を擦り付けてきた。

彼もズンズンと股間を突き上げ、首筋を舐め上げて唇を重ねようとすると、何と余韻に浸っていたメガネ美女と狐美女が左右から迫り、また欲望を甦らせたように、左右から顔を割り込ませてきたのである。

真上からは狸美女が、左右からはメガネ美女と狐美女が舌をからませ、美男は混じり合った吐息で顔中を湿らせながら、それぞれ滑らかに蠢く舌を味わい、突き上げを強めていった。

何と贅沢な体験であろう。

昨日でさえ夢のようだったのに、今日は美人の尼僧を三人も同時に味わっているのである。

「唾を飲ませて……」

高まりながら言うと、三人もためらいなく口中にたっぷり唾液を溜め、順々に彼の口にグジューッと吐き出してくれた。

美男は三人分の唾液を受け止め、生温かく小泡の多いミックスシロップを味わい、うっとりと喉を潤した。

そして三人の口に順々に鼻を押し込んで熱い吐息を嗅ぐと、みな基本的に濃厚な果実臭で、さらにシナモン臭に似た大人の成分が鼻腔に引っかかるような刺激を与えてくれ、たちまち彼は胸を満たしながら絶頂を迫らせた。

「顔中ヌルヌルにして……」

さらにせがむと、三人も厭わず舌を這わせ、たちまち彼の顔中は三人分の生温かな唾液にヌラヌラとまみれた。

もう限界である。彼は三人分の唾液と吐息の匂いで悩ましく鼻腔を刺激され、締め付けと摩擦で揉みくちゃにされた。

「い、いく……！」

三人の顔を抱き寄せながら呻き、彼は大きな快感に貫かれ、大量のザーメンをドクンドクンとほとばしらせた。

「き、気持ちいいわ……、アアーッ……！」

噴出を感じた狸美女も声を上げ、膣内を収縮させながらガクガクと狂おしいオルガスムスの痙攣を開始した。

彼は良く締まる膣内で、心ゆくまで絶頂の快感を嚙み締め、最後の一滴まで出し尽くしていったのだった……。

5

「ね、回りに立って、オシッコをかけて……」

風呂場で、みなで股間を洗い流してから美男は床に座って言った。

庫裡の浴室は母屋より広く、浴槽は檜造りだから、何やら温泉宿に来ているような雰囲気である。

「まあ、そんなことしていいの……？」

「こうかしら……」

三人も口々に言いながら身を起こし、取り囲むように立つと彼の顔に股間を突き出してきた。

正面にメガネ美女、左右から狸美女と狐美女が股間を寄せ、彼は三人分の脚に囲まれ、艶めかしい眺めと熱気に圧倒された。

順々に股間を嗅いだが、もう濃かった匂いが薄れ、それでも三人とも、まだまだ満足していないように新たな愛液を漏らしていた。

「あう、出そうよ。本当にいいんですね……」

正面のメガネ美女が言うので、舌で探ると柔肉が蠢いた。

するとと味わいと温もりが変化し、たちまちチョロチョロと熱い流れがほとばしってきた。

「アア……」

すると三人が同時に喘ぎ、左右からも勢いのある流れが彼の両頬を温かく濡らしてきたのだ。

彼は顔に三人分の流れを受け、それぞれを味わい、喉を潤した。

一人一人の流れは味も匂いも淡いが、三人分が一斉となると、悩ましい匂いが鼻腔を刺激し、美男は艶めかしいシャワーを全身に浴びながらピンピンに回復していった。

「ああ……、罰が当たりそう……」

「でも、何だかいい気持ち……」

三人は上の方で囁き合いながら、ゆるゆると放尿を続けたが、やがて順々に流れを治めていった。

美男は残り香の中で三人の割れ目を舐め、滴る雫をすすった。

たちまち三人は新たな愛液を雫に混じらせて糸を引き、ヒクヒクと下腹を波打たせて息を弾ませた。

「ねえ、続きはお布団で……」

メガネ美女が言うと三人は股間を引き離し、軽く股間を流すと順々に身体を拭いて風呂場を出た。彼ももう一度シャワーを浴び、手早く身体を拭いて庫裡へと戻っていった。

「ね、一度三人で飲みたいわ。それでお昼にして休憩したら、庵主様たちが戻る夕方まで、また順々にいかせて」

メガネ美女が段取りを決めて言うと、仰向けになった彼の股間に三人が群がってきた。

しかもメガネ美女は亀頭にしゃぶり付くと、彼の顔に跨がり、女上位のシックスナインで股間を寄せてきたのである。

美男も下から腰を抱え、濡れた割れ目に舌を這い回らせた。

するとと美男の脚が浮かされ、残る二人が彼の陰嚢や肛門を舐め回してきたのである。

三人分の熱い息が混じって股間に籠もり、肛門にヌルッと舌が潜り込み、二つの睾丸が念入りにしゃぶられ、さらにスッポリと根元まで呑み込まれ、舌がからみついてきた。

「く……」

美男は激しすぎる快感に呻きながら、懸命にメガネ美女のクリトリスを吸い、彼女の口の中で唾液にまみれた幹を震わせた。

メガネ美女もスポスポとリズミカルに摩擦をして、たまに口を離しては残る二人にも亀頭をしゃぶらせた。

彼は、微妙に異なる温もりや感触に翻弄され、いくらも我慢できず二度目の絶頂に達してしまったのだった。

「い、いく……、アアッ……！」

美男が喘いでガクガクと全身を痙攣させると同時に、ありったけの熱いザーメンがドクンドクンと勢いよくほとばしった。

「ンン……」

含んでいたメガネ美女が熱く呻き、噴出を受け止めてくれた。

そして第一撃を飲み込むと口を離し、余りを残る二人が交互にしゃぶり付いて最後の一滴まで吸い出してくれた。

まるで飢えた牝獣たちが、一匹の獲物に群がっているようだ。

「ああ……」

激しすぎる快感に声を洩らし、彼がグッタリと身を投げ出しても、三人は貪るように亀頭を吸い、濡れた尿道口に舌を這い回らせてきた。

「も、もういいです、有難うございました……」

美男はクネクネと腰をよじらせ、降参して言いながら幹をヒクつかせた。

やがて三人がかりで舐め回し、すっかり綺麗にしてくれると皆も顔を上げてヌラリと舌なめずりした。

「男の味だわ……」

「生きた精子なのね」

「また飲んじゃう日が来るなんて……」

三人は口々に言いながら、満足げに萎えてゆくペニスを見下ろした。

そして美男はグッタリと身を投げ出し、荒い呼吸を繰り返しながら余韻を味わった。

「じゃ、お昼の仕度をして、すませたらまたお相手してもらいましょう。それで明日から、また修行に頑張れるから」

「ええ、それでどうしても溜まってしまったら、また庵主様にお願いして、美男さんに来て頂きましょう」

「じゃ仕度が出来たら呼ぶので、それまでゆっくり休んで下さいね」

三人は美男に言い、手早く作務衣を着込んで部屋を出て行った。

どうやら午後も、三人を相手にとことんザーメンを絞られるようだ。

もちろん彼は全く嫌ではないし、美しい相手が三人なら、快感も回復力も三倍である。

美男は呼吸を整え、午後に備えてゆっくりと手足を伸ばしたのだった。

そして充分に休憩すると、昼食に呼ばれたので彼も起き上がり、シャツと短パンを着けて庫裡を出たのだった。

台所に行くと、仕度が調っていた。意外なことに和食ではなく、パンに野菜サラダ、ハムエッグにスープだった。

朝は飯と漬け物に味噌汁のようだが、尼寺でもたまにはパン食もあるし、コーヒーを飲むこともあるようだ。

夜も、たまに肉は出るようだが実に少量、基本は魚で、もちろんアルコールは無い。

「精力の強い人で良かったわ。ね、美男さんは庵主様とも関係を？」

メガネ美女が聞いてくる。

彼女は、浮気性でDVだった彼氏を衝動的に刺し、傷害で一年ばかり服役したようだが、もう未練は無く、むしろ尼僧として本を書いたり講演することなどを望んでいるらしい。

「まあ言えるわけないわね。でも庵主様だって生身の女性だから、そうした衝動に駆られたって不思議ではないわ」

「確かに、いろんな体験が無ければ人の悩みも聞けないですものね」

彼女たちは、実に明るく話しながら食事をした。

春恵が不在と言うこともあるが、剃髪していることを除けば、ごく普通の三十前後の女性なのである。

美男もトーストをかじりながら、また淫気を催して午後に備えた。

やがて昼食を済ませると、三人は手際よく片付けを済ませた。

「じゃ、またお願いします。何でも、してほしいことがあったら遠慮なく言って下さいね」

「ええ、私たちは何でもしますからね」

三人は彼に言い、本当に心から、久々に男と接することが出来ることを喜んでいるようだった。

美男も、早くもムクムクと勃起しながら、期待に胸を震わせて庫裡の布団へと戻っていったのだった。

第六章　楕円形のおもちゃ

1

「お呼びだてして申し訳ありません。ご相談したいことがあるので」

真理亜が、やや緊張気味に美男に言った。

今日の昼過ぎ、急に真理亜の方からＬＩＮＥがあり、昼食をすませた美男は、歯磨きとシャワーを終えて大学に来たのだった。

昨日は夕方まで、丸一日美男は三人の尼僧を相手に快楽の限りを尽くした。

さすがに帰宅しての夕食後は、いくらも起きていられず早寝し、今日も昼近くまで爆睡していたのである。

そして今日、寄宿舎の奥にある真理亜の部屋に呼ばれたのだから、やはり淫らな意図があるのか、彼女はほんのり色白の頬を緊張させていた。

もちろん美男も一晩ぐっすり眠って、すっかり体力も淫気も回復していた。

「はい、何でしょう」

「実はこれを」

美男が期待に胸を高鳴らせて聞くと、真理亜は机の引き出しから何かを取り出して手渡した。

見ると、それは楕円形をしたローターではないか。

「これは、何をするものなのでしょう。寮生から没収したものですが」

「へえ、こんなものを持ってるお嬢様がいるなんて」

受け取った美男は言い、楕円形の表面を嗅いでみたが無臭である。スイッチを入れると、ブーンと震動し、すぐに彼は切った。

「持っていたのは、麻生奈津美です」

「そう、彼女も巫女なのにブッ飛んだところがありますからね」

「それで、何をするものなのですか。肩こり解消にしては、小さいし持ちにくいです」

本当に真理亜は知らないのか、あるいはこれを口実に彼を呼んだのかは、読み取れないほど無表情だった。

「これは震動でクリトリスを刺激して、快楽を得るためのオナニー器具ですよ」

「まあ……」

言うと、真理亜の頰が見る見る紅潮してきた。

「試してみましょう」

「いえ、そんな……」

「どういうものか知らないと、持っていた彼女の気持ちも分からないでしょう。さあ」

美男が手を引いてベッドへと誘うと、真理亜もオズオズと従った。

「じゃ下半身だけ脱いで寝て下さいね」

彼は、着衣のままの方が興奮するので勃起しながら言うと、真理亜も黒衣の裾をからげてベッドに腰を下ろし、革靴とストッキングを脱ぎ、また腰を上げてショーツも脱ぎ去ってくれた。

その間に彼も手早く全裸になってしまい、やがて彼女も息を震わせながら裾をめくって仰向けになった。

黒衣に白い脚が映え、裾に籠もっていた生ぬるい熱気とともに匂うような色気が漂った。

まず彼はローターを置き、彼女の足裏に顔を押し付けて舌を這わせ、汗と脂に湿ってムレムレの匂いを沁み付かせた指の間に鼻を押し付けて嗅いだ。

「アア……」

触れられただけで、真理亜はビクリと反応して熱く喘いだ。もう、何の用事で彼を呼んだかも分からなくなっているのかも知れない。

美男は蒸れた匂いを貪り、両足とも全ての指の股に舌を割り込ませて味わい、脚の内側を舐め上げて股間に迫っていった。

白くムッチリした内腿を舐め上げるだけで、

「く……！」

真理亜は息を詰めて呻き、少しもじっとしていられないように肌を震わせた。

蒸れた熱気の籠もる割れ目は、まだ濡れていないようだが、指で陰唇を広げると、すぐにも溢れそうなほど中は清らかな蜜にまみれていた。

四十歳前にして快楽を知ったばかりの膣口が花弁状の襞を入り組ませて息づき、クリトリスもツンと突き立って光沢を放っている。

もう溜まらずに彼は顔を埋め込み、柔らかな茂みに鼻を擦りつけ、隅々に蒸れて籠もった汗とオシッコの匂いを貪った。

悩ましい匂いに鼻腔を刺激されながら舌を挿し入れ、淡い酸味のヌメリを味わいながら膣口を掻き回し、ゆっくりクリトリスまで舐め上げていった。

「アアッ……！」

真理亜がビクッと顔を仰け反らせて喘ぎ、内腿でキュッと彼の両頰を挟み付けてきた。処女だった彼女がここまで感じるようになり、それを開発したのは自分なのだと思うと誇らしい気持ちになった。

チロチロと舌先でクリトリスを刺激すると、熱い愛液が割れ目の外にまで溢れ出してきた。

さらに両脚を浮かせ、白く形良い尻の谷間に鼻を埋め、顔中で双丘の弾力を味わうと、蕾に籠もる微香が悩ましく鼻腔を刺激してきた。

貪るように嗅いでから舌を這わせて襞を濡らし、ヌルッと潜り込ませて滑らかな粘膜を探ると、

「あう、ダメ……」

真理亜が呻き、肛門で舌先を締め付けた。

淡く甘苦い粘膜を味わってから、ようやく脚を下ろし、溢れるヌメリをすすってからローターを手にした。

「これは、こうして使うんです」

美男は言ってスイッチを入れ、ブーンと震動する楕円形の先端をクリトリスに押し当てると、

「アア……、ダメ、感じすぎるわ、止めて……」

真理亜は声を上ずらせ、もうローターのことなどどうでも良くなったように言った。やはり余計な器具など使うよりも、彼の生身の愛撫による刺激の方が好きなのだろう。

彼もスイッチを切り、やがて前進して彼女の胸のボタンを外し、胸元を寛げて豊かな乳房をはみ出させた。

そして胸に跨がり、膨らみの谷間にペニスを挟んでもらうと、彼女も自分から手を両側に当て、心地よく揉んでくれた。

肌の温もりと、シスターによるパイズリの興奮に彼は激しく高まり、尿道口から粘液を滲ませた。

「い、入れて……」

真理亜が、熱く息を弾ませながらせがんできた。

「じゃ、入れる前に濡らして下さいね」

さらに前進し、彼は前屈みになって先端を真理亜の鼻先に突き付けた。

彼女も両手で拝むように幹を挟み、顔を上げて粘液の滲む尿道口をチロチロと舐め、張り詰めた亀頭にしゃぶり付いてくれた。

そのまま喉の奥まで押し込んでいくと、

「ンン……」

真理亜が熱く鼻を鳴らしながら、懸命に吸い付き、ネットリと舌をからめてくれた。

やがて充分に肉棒全体が生温かな唾液にまみれ、快感が高まってくると彼は股間を引き離した。

真理亜も、すっかり受け入れ体勢になって股を開いた。

「ね、せっかくだから、このローターをお尻に入れてみましょうか」

「そ、そんな……、嫌です……」

彼が思い付いて言うと、真理亜は戦くように声を震わせて嫌々をした。

「でも、お尻にペニスを入れるより良いでしょう」

言いながらローターを手に、彼女の股間に潜り込んで脚を浮かせ、念入りに肛門を舐めて唾液に濡らした。

彼女も神妙にされるままになっているのは、やはり好奇心があるのだろう。

何しろ春恵のアナルセックスの感覚をテレパシーで受け取っているので、ペニスは恐いがローターぐらいならと思っているのかも知れない。

充分に濡らすと、彼はローターを押し付け、親指の腹でゆっくり潜り込ませていった。

「あう……」

真理亜は呻きながらも、襞を伸ばして蕾を丸く広げ、見る見る中へ受け入れていった。

完全に入るとローターが見えなくなり、あとは蕾からコードが伸びているだけだ。彼が電池ボックスのスイッチを入れると、奥からブーン……と低い振動音が洩れてきて、

「アアッ……、変な気持ち……」

真理亜が息を弾ませて腰をくねらせた。

美男も興奮を抑えながら身を起こし、正常位で股間を進めていった。

そして先端を濡れた割れ目に擦り付けながら位置を定め、ゆっくりヌルヌルッと挿入していった。

処女を失ったばかりの美熟女の膣は、肛門に潜り込んだローターのせいで、さらに締め付けが倍加していた。しかもローターの震動が、間の肉を通し、ペニスの裏側にも心地よく伝わってきたのだった。

2

「ああ……、すごいわ……！」

前後の穴を塞がれて、真理亜が激しく悶えて口走った。

美男も根元まで押し込んで股間を密着させ、脚を伸ばして身を重ねていった。

動かなくても、締め付けと震動で彼は激しく高まってきた。

屈み込んで両の乳首を交互に吸い、顔中で張りのある膨らみを味わいながら舌で転がすと、

「アア……」

真理亜が喘ぎ、下から両手を回してしがみついてきた。

彼は左右の乳首を味わい、乱れた僧衣の中に潜り込んで、生ぬるく湿った腋毛に籠もる甘ったるい汗の匂いを貪った。

じっとしていてもジワジワと高まっているのか、やがて真理亜がズンズンと股間を突き上げはじめた。

美男は顔を進め、上からピッタリと唇を重ね、舌を挿し入れて滑らかな歯並びを舐めた。すると真理亜も歯を開いて舌を触れ合わせ、チロチロと絡み付けてくれた。

滑らかに蠢く舌は生温かな唾液に濡れ、彼は美人シスターの鼻息で鼻腔を湿らせながら、自分も腰を突き動かしはじめた。

「あう……、い、いきそう……」

真理亜が口を離して顔を仰け反らせると、艶めかしく唾液の糸を引きながら熱く喘いだ。

確かに震動に紛れそうになるが、膣内の収縮は高まり、愛液も大洪水になっていた。彼女の熱く湿り気ある吐息は、甘く上品な白粉臭とともに、喘ぎ続けて濃くなった刺激も混じって鼻腔を掻き回した。

美男も絶頂を迫らせながら、いつしか股間をぶつけるほど激しく動いた。

振動音に混じり、クチュクチュとリズミカルな摩擦音が響き、たまに膣を締めると肛門も連動して締まるせいか、ローターの音が甲高くなった。

「い、いく……、アアーッ……！」

先に真理亜が声を上ずらせ、ガクガクと狂おしいオルガスムスの痙攣を開始してしまった。

続いて美男も、摩擦と震動の中で絶頂に達し、

「く……！」

快感に呻きながら、熱い大量のザーメンをドクンドクンと勢いよく柔肉の奥にほとばしらせた。

「あう、感じる、もっと……！」

噴出を受け止め、駄目押しの快感を得たように真理亜が口走り、彼も快感を嚙み締めながら、心置きなく最後の一滴まで出し尽くしていった。

すっかり満足しながら動きを弱めてゆき、グッタリと真理亜にもたれかかると彼女も精根尽き果てたように四肢を投げ出して荒い息遣いを繰り返していた。

まだ収縮と震動が続き、彼はヒクヒクと過敏に幹を震わせ、かぐわしい吐息を嗅いで余韻を味わった。

「も、もう離れて……」

真理亜が声を絞り出すように言った。確かに彼も、続いている震動がうるさくなっているので、敏感になっている彼女もきついのだろう。

美男は身を起こして股間を引き離し、すぐスイッチを切ってやった。

そしてコードを握り、切れないよう注意深くローターを引っ張り出すと、みるみる蕾が丸く押し広がり、奥から楕円形のローターが顔を覗かせてきた。

「アア……」

硬い排泄に似た感覚があるのか、真理亜が呻くと、やがて最大限に広がった肛門からツルッとローターが抜け落ちた。

一瞬粘膜を覗かせて肛門も、すぐにつぼまって元の蕾に戻った。

ローターに汚れの付着はないが、嗅ぐと微香が感じられ、彼はティッシュでペニスと割れ目を拭ってやった。

「お、起こして……」

真理亜が言うので支えながら起こすと、彼女は手早くベールと僧衣を脱ぎ去り一緒にバスルームへ行った。そして互いにバスタブに入り、シャワーの湯で全身を洗い流した。

「ね、オシッコ出して」

もちろん美男はせがみ、バスタブの中にしゃがみ込みながらムクムクと回復していった。

快楽の余韻に朦朧としている真理亜も身を起こし、片方の足を浮かせてバスタブのふちに乗せると、息を詰めて尿意を高めてくれた。

開いた股間に顔を埋め、薄れた匂いを貪りながら柔肉を舐めると、新たな愛液に舌の動きが滑らかになった。

「あう、出る……」

真理亜が短く言うなり、チョロチョロと熱い流れがほとばしってきた。

今日も味も匂いも淡く上品で、彼はうっとりと味わいながら喉を潤した。

しかし勢いは弱く、あまり溜まっていなかったか、すぐにも流れは治まってしまった。

美男は悩ましい残り香の中で余りの雫をすすり、割れ目内部を舐め回した。

「も、もうダメ……」

感じすぎるように真理亜が言って腰を引き、もう一度二人でシャワーを浴びるとバスタブを出た。

身体を拭き、全裸のままベッドに戻ると、真理亜がローターを手にした。

「こんな玩具でも、すごく感じるのですね……」

「ええ、普通はクリトリスに当てて刺激するだけのようです」

「それだけでも、充分と思います」

「してみましょう。ね、こうして」

美男は枕を立てて彼女を寄りかからせ、股を開かせてローターを割れ目に押し当てた。そして彼はその上からのしかかり、すっかり回復しているペニスを突き立てた。

「どうするの……」

「足の裏で擦って」

彼が言うと、真理亜も素直に両足の裏でペニスを挟み付けてくれた。

美男の背には、柔らかな乳房がクッションのように弾み、腰には、彼女の割れ目を刺激しているローターの振動が伝わってきた。

彼は心地よい椅子に寄りかかっているように力を抜き、顔を向けて唇を求めると、真理亜も足裏でぎこちなく愛撫しながら舌をからめてくれた。

熱い息が混じり、生温かな唾液に濡れた舌が滑らかに蠢いた。

震動でクリトリスを刺激されるだけで充分らしく、もう今日は挿入はおなかいっぱいのようだ。

真理亜も震動に高まりながら、次第に息を弾ませ、足裏で錐揉みにするように幹をしごき、たまに左右の足指を蠢かせて亀頭を刺激してくれた。

「ああ、気持ちいい。ね、強く唾をかけて……」

振り向くように顔を突き出すと、真理亜も足指の愛撫を続けながら息を吸い込み、強くペッと唾液を吐きかけてくれた。

「アア、いく……」

美男はガクガクと悶え、美人シスターのかぐわしい息と唾液のヌメリ、足コキの刺激にたちまち昇り詰めてしまった。

「ああ、いい気持ち……」

真理亜もローターの震動でオルガスムスに達し、クネクネと身悶えながら喘いだ。同時にドクドクとありったけのザーメンがほとばしり、彼女も濡れた足指でいつまでもヌラヌラとペニスを擦ってくれた。

美男は全て出し切り、うっとりと力を抜きながら、真理亜の熟れ肌にいつまでも寄りかかって余韻を味わったのだった……。

3

「お姉さんと三人も楽しかったけど、やっぱり二人だけの方がいいわ。それに先生がお姉さんと何かするのを見ると、少し胸が痛むし」

翌日の昼前、美男のアパートに怜香が来て言った。

それは確かに、彼もそう思う。複数相手も夢のようだが、やはり一対一での淫靡さの方が興奮する気がした。

「そう、隠れてするよりはいいよね」

「それはそうだけど、やっぱり三人はあのとき限りにしたいな」

怜香が言い、やはり美男もこの美少女の胸を痛めないように、他の女性とのことは絶対に知られないようにしようと思うのだった。

「もう夏休みも終わりだわ」

怜香が溜息混じりに言う。寺の実家では、修行中の尼僧たちをよそに、彼女だけノンビリしているようだ。

しかし寮に戻れば、また真理亜の管理の下で規則に縛られるのだ。

規律が厳しいので、寮はとにかく門限に気をつけなければならない。

「こないだのセーラー服、すごく可愛かったよ」

「そう、恥ずかしかったんですよ。あれでタクシーに乗ったんだから」

「誰もが本当の女子高生だと思っただろうね」

美男は言いながら、ムクムクと激しく勃起してきた。

「ね、勃ってきちゃった。脱ごうね」

彼が言って脱ぎはじめると、怜香も素直にブラウスのボタンを外しはじめた。

もちろん美男は、来るというLINEが来てから、すぐに歯磨きとシャワーと放尿は終え、準備は万全に整えていた。

怜香は、図書館に行くと言って家を出たらしく、やはり入浴は昨夜が最後のようである。

やがて互いに全裸になると、彼は美少女を仰向けにさせ、ピンクの乳首にチュッと吸い付いて舌で転がした。

「あん……」

すぐにも怜香が喘ぎ、クネクネと悶えはじめ、生ぬるく甘ったるい匂いを揺らめかせた。

やはり前回、3Pとはいえ大きな膣感覚の快感に目覚め、まして今日は二人きりだから、すっかり感じやすくなっているようだ。

両の乳首を充分に舌で転がし、膨らみに顔を埋めて感触を味わうと、日ごとに乳房は春恵のように豊かになっていく兆しが見えるようだった。

腋の下にも鼻を埋め込み、甘ったるい汗の匂いで胸を満たしながら、生ぬるく湿ったスベスベの腋に舌を這わせると、

「あう、ダメ……！」

怜香がくすぐったそうに身をよじって呻いた。

彼は白く滑らかな肌を舐め下り、縦長の臍を探り、腰から脚を舐め下りていった。足裏に舌を這わせ、縮こまった指の間に鼻を割り込ませて嗅ぐと、今日もそこは汗と脂にジットリ湿り、ムレムレの匂いが可愛らしく籠もっていた。

爪先にしゃぶり付き、順々に舌を潜り込ませていくと、

「アア……、くすぐったいわ……」

また彼女は身をくねらせ、彼も強引に両足ともしゃぶって味と匂いを貪り尽くしてしまった。

そして脚の内側を舐め上げ、ムッチリとした内腿をたどって股間に迫った。

ぷっくりした割れ目からピンクの花びらがはみ出し、すでにしっとりと蜜に潤っていた。

若草の丘に鼻を埋め、隅々に籠もる汗とオシッコの匂いで胸を満たし、舌で割れ目を探ると、すぐにも淡い酸味のヌメリが感じられた。

快感を覚えたばかりの膣口を探り、味わいながらゆっくりクリトリスまで舐め上げていくと、

「アアッ……、いい気持ち……!」

怜香が身を反らせて喘ぎ、内腿できつく彼の顔を挟み付けてきた。

美男はチロチロと執拗にクリトリスを刺激しては匂いに酔いしれ、溢れる蜜をすすった。

さらに彼女の両脚を浮かせ、可愛い尻の谷間に鼻を埋め、ピンクの蕾に籠もる蒸れた匂いを貪り、舌を這わせてヌルッと潜り込ませた。

「あう……!」

怜香が呻き、キュッときつく肛門で舌先を締め付けた。

彼は滑らかな粘膜を探り、充分に味わってから脚を下ろし、再びクリトリスに吸い付いて潤いを味わった。

「も、もうダメ……」

すっかり高まった怜香が言うので、彼も舌を引っ込めて股間から移動して仰向けになった。すると入れ替わりに彼女が身を起こし、大股開きになった彼の股間に腹這い、顔を寄せてきた。

「ここから舐めて。僕は洗ったばかりで綺麗だからね」

脚を浮かせて尻を突き出すと、

「あん、私は綺麗じゃなかった？」

怜香が羞恥に声を震わせて言う。

「ううん、ピンクで綺麗な色だったよ。蒸れた匂いも可愛かったし」

「アアッ、意地悪ね……」

怜香は喘ぎ、羞恥を紛らわすように舐めはじめてくれた。熱い鼻息で陰嚢をくすぐり、チロチロと肛門を舐めてからヌルッと潜り込ませた。

「あう、気持ちいい……」

美男は呻き、美少女の舌先をモグモグと肛門で味わった。

彼女が内部で舌を蠢かせてくれ、美男が脚を下ろすとそのまま陰嚢を舐め回してくれた。

念入りに舌を這わせて唾液に濡らし、彼がせがむように幹をヒクつかせたので

すぐに怜香も身を乗り出し、肉棒の裏側を舐め上げてきた。

滑らかな舌が先端まで来ると、粘液の滲む尿道口を舐め、丸く開いた口でスッポリと喉の奥まで呑み込んでいった。

温かな口の中は、美少女の清らかな唾液に濡れ、彼女は幹を締め付けて吸い、クチュクチュと舌をからめてくれた。

「ンン……」

小刻みに股間を突き上げると、

怜香が小さく呻き、顔を上下させスポスポと摩擦してくれた。

「い、いきそう。跨いで入れて……」

高まって言うと、怜香がチュパッと口を離した。

「私が上でいいんですか」

「うん、その方が好きに動けるだろう？」

「ええ、実は前のとき、奥に感じるところを見つけたんです」

言うと彼女は身を起こし、前進して跨がってきた。そして唾液に濡れた先端に割れ目を当て、息を詰めて座ると、ゆっくり膣口に受け入れていった。

「アアッ……！」

根元まで深々と嵌め込むと、彼女が顔を仰け反らせて喘ぎ、ピッタリと股間を密着させた。

美男も肉襞の摩擦と締め付けを味わい、うっとりと快感に包まれながら、両手を伸ばして彼女を抱き寄せた。

怜香も身を重ねてきたので、彼は両膝を立てて弾力ある尻を支え、下から両手でしがみついた。唇を重ね、美少女のグミ感覚の弾力を味わい、ネットリと舌をからめながら徐々に股間を突き上げると、

「ンンッ……！」

怜香は熱く呻きながら、反射的にチュッと強く彼の舌に吸い付いた。

美男もいったん動くと快感に止まらなくなり、次第に強く濡れた肉壺を突きまくっていった。

「あう、そこ、感じる……」

怜香が口を離して言い、自分も腰を動かしながら、内部の感じる部分を重点的に先端で擦りはじめた。たちまち愛液の量が増して動きが滑らかになり、ピチャクチャと湿った摩擦音も聞こえてきた。

美少女の吐き出す息は今日も甘酸っぱく、桃の実の匂いがして悩ましく鼻腔を刺激してきた。

「噛んで……」

美男が高まりながら顔を寄せて言うと、怜香も快感に任せながら、彼の唇や頬をキュッキュッと甘く噛んでくれた。

「ああ、気持ちいい……」

彼は甘美な刺激に喘ぎながら、美少女に食べられている思いで急激に絶頂を迫らせてしまった。

「あう、ここ気持ちいい……、いきそう……」

怜香も喘いで腰を遣いながら執拗に内壁を擦りつけ、愛液の量と収縮を増していった。

とうとう我慢できず、美男は美少女の吐き出す果実臭の息に酔いしれ、締め付けと摩擦の中で昇り詰めてしまった。

「く……！」

絶頂の快感に貫かれて呻きながら、ありったけの熱いザーメンをドクンドクンと勢いよくほとばしらせると、

「いい気持ち……、アアーッ……！」

感じる部分に先端と噴出まで受け、続いて怜香も声を上げながらガクガクと狂おしいオルガスムスの痙攣を開始していった。

収縮と締め付けが増す中で、彼は心ゆくまで快感を嚙み締め、最後の一滴まで出し尽くした。そして満足しながら徐々に突き上げを弱めてゆき、力を抜いて身を投げ出した。

「ああ……」

怜香も満足げに声を洩らすと、肌の強ばりを解いてグッタリともたれかかってきた。

やはり前回は奈津美もいたので、今回こそ、とことん絶頂を嚙み締めたように膣内がいつまでもキュッキュッと収縮していた。

その刺激に、射精直後のペニスがヒクヒクと過敏に中で跳ね上がった。

「あう、もうダメ……」

怜香も敏感になっているように呻き、きつく締め上げてきた。

美男は美少女の温もりと重みを全身に受け止め、甘酸っぱい吐息を胸いっぱいに嗅ぎながら、うっとりと快感の余韻を味わったのだった……。

「そろそろ寮に戻るわ。夏休みも終わるし、家にいても巫女の手伝いをさせられてばかりだから」

4

駅で待ち合わせた美男に、奈津美が言った。今日は巫女の衣装ではなく清楚な私服姿なので、長い黒髪をした大学生である。

「そう。それで今日は、どこかへ行くの?」

「あそこへ入ってみたいの。前の彼氏たちとはアパートばかりだったから、ラブホに入ったことないんです」

奈津美が言い、駅裏にあるラブホテルに向かった。

「僕も入ったことないんだ」

美男は答え、一緒に入っていった。

すると、さして迷うことなく奈津美が空室のパネルボタンを押し、フロントでキイを受け取ったので彼が支払いをした。

エレベーターで三階に上がり、やがて二人は密室に入った。

中はそれほど広くないが、ダブルベッドに小さなテーブルとソファ、テレビや冷蔵庫などが機能的に配置されていた。

予備知識があるのか、奈津美が冷蔵庫から無料のサービスドリンクを出して二人で烏龍茶を飲み、まずはソファに座って休憩した。

「実は、たまに寮に荷物の整理に行っていたんだけど、そこへ真理亜様が来て、ローターが見つかって没収されたわ」

「そう」

聞いていたが、美男は知らないふりをして答えた。

「実は、わざと見つかるようにしたの。彼女なら没収したものの、それが何か興味を持って、やがて自分で使うんじゃないかと」

「罠にかけたのか。まるで東西の神様合戦だね」

神様と言うより、二人とも美男という悪魔に潜在意識をいじられているのだ。

「使ったかな」

「さあ、どうかな。使わないまま、時が経ったら返してくれるんじゃないかな」

「ものを見れば使った痕跡とか分かるかしら。もちろん私は新品を渡したのよ」

「そう、でも彼女をどうしたいの」

「男も知らないで気取っているから、淫らな世界に落としてやりたいわ」

「おいおい、彼女にも同性の欲望を抱いてるの？」

「ううん、私は年下の、怜香みたいに可愛い少女が好き。私も来春は卒業で、うちの神社で働くだけだから、その前に何とか真理亜様を快楽の地獄へ落としてやりたいわ」

奈津美が目をキラキラさせて言う。

美男も、彼女のそんな淫望に刺激され、ムクムクと勃起してきた。

実際真理亜は、あのローターを肛門に入れながらセックスに昇り詰め、クリトリスへの震動でも果てているのである。

彼の淫気が伝わったように、奈津美も話を終えて脱ぎはじめてくれた。

もちろんシャワーなど後回しで良いことを奈津美も承知しているし、彼も出がけに綺麗にしてきてある。

互いに手早く全裸になると、彼はベッドに仰向けになった。

「ね、この前にみたいに足を顔に乗せて」

美男がせがむと、奈津美もすぐベッドに上り、彼の顔の横にスックと立ってくれた。

巫女の衣装ではなく、全裸でも見事なプロポーションに彼の興奮は激しく高まった。そして彼女は壁に手を付いて体を支え、そろそろと片方の足を浮かせ、彼の顔に乗せてきた。

歩き回って生ぬるく湿った足裏を鼻と口に受け、彼はうっとりしながら舌を這わせ、指の股に鼻を押し付け、蒸れた匂いを嗅いだ。

爪先にもしゃぶり付いて全ての指の間を味わうと、

「あう、くすぐったいわ……」

奈津美が脚を震わせて言い、足を交代してくれた。

彼はそちらも存分に味と匂いを貪り、やがて足首を摑んで顔の左右に置いた。

彼女も心得、すぐにも和式トイレスタイルでしゃがみ込み、スラリとした脚をM字にさせると内腿がムッチリ張り詰め、すでに濡れはじめている割れ目が鼻先にズームアップしてきた。

はみ出した陰唇が僅かに開き、息づく膣口と、大きめで光沢を放つクリトリスが覗いた。

腰を抱き寄せて茂みに鼻を埋めると、今日もムレムレの汗とオシッコ臭が悩ましく鼻腔を刺激してきた。

生ぬるい匂いを貪りながら舌を挿し入れ、淡い酸味のヌメリを掻き回しながら膣口からクリトリスまで舐め上げていくと、

「アァッ……！」

奈津美が熱く喘ぎ、キュッと股間を押しつけてきた。

彼は味と匂いを貪り、尻の真下にも潜り込んで顔中に双丘の弾力を受け止め、谷間に籠もった蒸れた微香を貪った。

舌を這わせてヌルッと潜り込ませると、

「く……、いい気持ち……」

奈津美が呻き、キュッと肛門を締め付けてきた。

彼が出し入れさせるように舌を蠢かせ、滑らかな粘膜を探ると、割れ目から溢れた愛液が糸を引いてツツーッと鼻先に滴ってきた。

美男が奈津美の前と後ろを存分に舐め回すと、彼女は自分から腰を浮かせて移動し、張り詰めた亀頭にしゃぶり付いてきた。

熱い息を股間に籠もらせ、スッポリと根元まで呑み込んで吸い付き、クチュクチュと執拗に舌をからめた。

さらにスポスポと強烈な摩擦を開始すると、激しく彼も高まった。

「い、いきそう……」

「入れたいわ」

彼が言うと、奈津美もスポンと口を離して答えた。

「上から跨がって」

「本当に女上位が好きですね。私も自由に動けるから上が好きだけど」

「うん、デブだから上になって動くのがきついんだ」

答えると、奈津美は苦笑しながら前進し、彼の股間に跨がった。

先端に濡れた割れ目を押し付け、擦りながら位置を定めると、やがて息を詰めてゆっくり腰を沈み込ませた。

張り詰めた亀頭が潜り込むと、あとは重みと潤いでヌルヌルッと根元まで滑らかに呑み込まれていった。

「アアッ……、いいわ、奥まで届く……」

ピッタリと股間を密着させると、奈津美は顔を仰け反らせて喘ぎ、両側に膝を突いて腰をくねらせた。

そして身を重ねてきたので、美男も両手で抱き留めながら潜り込み、左右の乳首を含んで舐め回し、顔中で膨らみを味わった。

両の乳首を充分に味わうと、腋の下にも潜り込んで鼻を埋め、濃厚に甘ったるい汗の匂いに噎せ返った。

「ああ、すぐいきそうよ……」

奈津美が、緩やかに腰を動かしながら言った。実際愛液は大洪水で、膣内の収縮もすぐ活発になっていった。

互いに股間をぶつけ合うように激しく動きながら、どちらからともなく唇が重なると熱い息を混じらせ、ネットリと舌をからめ合った。

彼女も、美男が好むのでことさらにトロトロと口移しに唾液を注いでくれ、彼もうっとり酔いしれながら喉を潤した。

「アア……、すごいわ、気持ちいい……」

やがて絶頂を迫らせたように奈津美が口を離して喘ぎ、彼は熱い吐息の匂いに鼻腔が悩ましく刺激された。いつもの花粉臭に、ほのかなガーリック臭が混じり、いつになく濃厚で彼は高まった。

「あ、ごめんなさい、お昼がペペロンチーノだったから匂うかも……」

「ううん、この方が刺激的で燃える」

奈津美が言うので、彼は美女の刺激臭というギャップ萌えに絶頂を迫らせた。

「本当。中で悦んでいるわ……」

幹の震えを感じたようで、奈津美も遠慮なく動きと締め付けを強め、求められるまま熱い吐息を好きなだけ嗅がせてくれた。

「ああ、いく……！」

とうとう先に彼は昇り詰め、激しい快感に包まれて口走りながら、ドクンドクンと熱いザーメンを勢いよくほとばしらせてしまった。

「あう、熱いわ、いく……！」

噴出を感じた奈津美も口走り、同時にガクガクと狂おしい痙攣を開始した。

オルガスムスと同時に膣内の収縮も最高潮になり、彼は快感を味わいながら心置きなく最後の一滴まで出し尽くしていった。

「アア……、良かったわ……！」

動きを弱めていくと、奈津美も声を洩らして硬直を解き、グッタリと力を抜いて彼に体重を預けてきた。

美男は重みを受け止め、まだ名残惜しげに締まる膣内でヒクヒクと過敏に幹を跳ね上げた。そして濃厚な吐息を嗅ぎながら、彼はうっとりと余韻を噛み締め、ラブホテル初体験を味わったのだった……。

「どうぞ中へ。どうか静かにね……」

美男が寺を訪ねると、待機していた春恵が迎えてくれた。

今日も、夕食後に来てくれないかと彼女にＬＩＮＥで言われ、美男はいそいそと出向いて来たのである。

5

母屋の二階には怜香がいて、庫裡には三人の尼僧がいるのに、どうにも我慢できず春恵は熟れ肌を持て余しているようだった。

あるいは、同じ屋根の下に誰かがいた方がスリルがあり、より快感が大きいのかも知れない。

美男が足音を忍ばせて奥の寝室に入ると、すでに床が敷き延べられていた。

もちろん彼はシャワーも歯磨きも済ませていたが、春恵にはＬＩＮＥで入浴前を望み、彼女もその通りにして待っていてくれていた。

激しく勃起しながら服を脱ぎ、手早く全裸になると春恵もたちまち一糸まとわぬ姿になった。

何と言っても彼にとって春恵は最初の素人女性だから、美男は性欲だけでなく女神様に接するような畏怖すら覚えるのだった。

それに彼の能力を見抜き、自覚させてくれた恩人でもある。

「アア、うんと激しくして……」

春恵が仰向けになり、声を潜めて言った。

美男も添い寝して巨乳に手を這わせながら、チュッと乳首に吸い付き、舌で転がしながら豊かな膨らみを顔中で味わった。ほんのり汗ばんだ胸の谷間や腋からは、濃厚に甘ったるい汗の匂いが漂っていた。

いかに清らかな暮らしをしていても、熟れた女の匂いばかりは、どうしようもなく男を惑わせるのだ。

軽く前歯でコリコリと乳首を刺激すると、

「あう、もっと強く……」

春恵が熟れ肌を悶えさせてせがんだ。

彼は左右の乳首を念入りに愛撫し、腋の下にも鼻を埋め、色っぽい腋毛に籠もる濃い体臭に噎せ返った。

彼女は、くすぐったそうにクネクネと身悶え、さらに匂いを濃くさせた。

美男は白く滑らかな肌を舐め下り、形良い臍を探り、張り詰めた下腹にも顔を埋め込んで弾力を味わい、豊満な腰のラインから脚を舐め下りていった。

色っぽい脛毛にも頬ずりして足首に行き、足裏を舐めて指の間に鼻を押し付けると、やはり蒸れた匂いが悩ましく沁み付いていた。

彼は桜色の爪を順々にしゃぶり、舌を割り込ませて生ぬるい汗と脂の湿り気を味わった。

「く……」

春恵が呻き、彼は両足とも味と匂いを貪ってから脚の内側を舐め上げた。

ムッチリと量感ある内腿をたどり、熱気と湿り気の籠もる股間に迫ると、すではみ出した陰唇はヌラヌラと大量の愛液に潤っていた。

堪らずに顔を埋め込み、茂みに蒸れて籠もる生ぬるい汗とオシッコの匂いを貪り、舌を挿し入れて淡い酸味の潤いを掻き回した。

かつて怜香が生まれ出た膣口の襞を探り、ツンと突き立ったクリトリスまで舐め上げていくと、

「アアッ……！」

春恵が顔を仰け反らせて喘ぎ、内腿で彼の両頬を挟み付けてきた。

チロチロとクリトリスを弾くように舐めると、愛液が大洪水になってヒクヒクと下腹が波打った。

「も、もうダメ、いきそうよ……」

春恵が身を起こして言い、彼の顔を股間から追い出しにかかった。

やはり自分から彼を呼び出しただけあり、激しく淫気が高まって、すぐにも果ててしまいそうなのだろう。

もちろん舌だけの刺激で昇り詰めるのが惜しいようで、彼も素直に這い出して仰向けになっていった。すると入れ替わりに身を起こした春恵が、彼の股間に腹這いになって、白い顔を迫らせてきた。

そして彼の両脚を浮かせると尻の谷間に舌を這わせ、ヌルッと潜り込ませてきたのだ。

「あう、気持ちいい……」

美男は妖しい快感に呻き、キュッと春恵の舌先を肛門で締め付けた。

彼女も中で舌を蠢かせ、やがて脚を下ろして陰嚢をしゃぶり、股間に熱い息を籠もらせた。

そして充分に睾丸を転がすと、前進して肉棒の裏側を舐め上げていった。

滑らかな舌が先端まで来ると、彼女は粘液の滲む尿道口をチロチロと舐め、張り詰めた亀頭にしゃぶり付いて、スッポリと喉の奥まで呑み込んでくれた。

温かく濡れた口の中で、クチュクチュと舌がからみつくと、彼自身も答えるようにヒクヒクと震えた。

さらに彼女が顔を上下させ、スポスポと強烈な摩擦を繰り返しながら、指先でサワサワと陰嚢をくすぐってくれたのだ。

「い、いきそう……」

彼もすっかり高まって言うと、すぐに春恵がスポンと口を引き離した。

「跨いでもいい……？」

春恵が囁き、美男が頷くと彼女は前進し、ペニスに跨がってきた。

先端に濡れた割れ目を当て、待ち切れないように一気に腰を沈めると、彼自身はヌルヌルッと肉襞の摩擦を受けて根元まで没していった。

「アアッ……、いい……」

春恵が顔を仰け反らせて喘ぎ、ピッタリと密着した股間をグリグリと擦り付けてきた。美男も、温もりと感触を味わいながら両手で抱き寄せ、膝を立てて豊かな尻を支えた。

彼女も身を重ね、遠慮なく体重を預けて熟れ肌を密着させた。

美男の胸に巨乳が押し付けられて心地よく弾み、彼が股間を突き上げると春恵が合わせて動き、恥毛が擦れ合いコリコリと恥骨の膨らみも痛いほど押し付けられてきた。

溢れる愛液に動きが滑らかになり、たちまちクチュクチュと淫らに湿った摩擦音が聞こえ、互いの股間がビショビショになった。

すると春恵が彼の肩に腕を回し、上からピッタリと唇を重ねてきた。

紅もささぬ、ぽってりとした肉厚の唇が密着し、唾液の湿り気が伝わり、すぐにもヌルリと舌が潜り込んだ。

彼も美女の鼻息で鼻腔を生温かく湿らせながら、ネットリと舌をからめ、清らかな唾液のヌメリを味わった。

唇を重ねながら彼女が腰を遣いはじめたので、美男もズンズンと股間を突き上げ、何とも心地よい摩擦を味わった。

「アア……、感じるわ、すぐいきそう……」

春恵が口を離して熱く喘ぎ、美男も濃厚な白粉臭を含んだ吐息で鼻腔を刺激されながら高まった。

「ああ、いい匂い。このまま食べられたい……」

「ダメよ、そんなこと言うと、私の末那識が揺り起こされて、本当にしてしまうから」

囁くと、春恵が熱い息で答えた。なるほど、彼の力で無意識を実行させ、まして快楽の最中はなおさら本当に行動してしまいそうなのだろう。

「じゃ、噛むだけにして……」

言うと春恵も腰を動かしながら、彼の頬や鼻の頭に綺麗な歯並びをキュッキュッと当ててくれた。

「ああ、気持ちいい。もっと強く……」

さらにせがむと、春恵は痕にならない程度に力を込めて噛んでくれた。

まだ理性が勝っているから良いが、美男が本気で念を込めれば、本当に噛み切ってくれるのかも知れない。

そんなスリルの中、彼もたちまち絶頂を迫らせた。

「唾を出して……」

高まりながら言うと、春恵も懸命に唾液を出し、彼の口にトロトロと吐き出してくれた。

美男も味わって喉を潤し、さらに彼女の口に鼻を押し込んで濃厚な吐息を嗅ぐと、春恵も舌を這わせながら、膣内の収縮を高めていった。

「い、いく……！」

たちまち彼が昇り詰めて口走り、ありったけの熱いザーメンをドクンドクンと柔肉の奥にほとばしらせると、

「い、いい気持ち……、アアーッ……！」

噴出を感じた春恵も声を上ずらせ、ガクガクと狂おしいオルガスムスの痙攣を開始した。その喘ぎ声が、二階にいる怜香や庫裡の尼僧たちにまで聞こえるのではないかと心配したが、彼女は激しく息を弾ませて快感を嚙み締めているようだった。

収縮と締め付けの中で揉みくちゃにされながら快感を嚙み締め、美男は心置きなく最後の一滴まで出し尽くしていった。

満足しながら彼が徐々に突き上げを弱めていくと、

「ああ……、良かったわ……」

春恵も精根尽き果てたようにか細く喘ぎ、熟れ肌の強ばりを解いてグッタリともたれかかってきた。

彼女も満足したようだが、まだ膣内は名残惜しげにキュッキュッと収縮が繰り返され、その刺激にヒクヒクと内部で幹が跳ね上がった。

美男は重みと温もりを受け止め、湿り気あるかぐわしい吐息を嗅ぎながら胸を満たし、うっとりと余韻に浸り込んでいった。

(そうだ。人の無意識を操作して、何か人の役に立つ生き方が出来ないかどうか、彼女に相談しよう……)

美男は、呼吸を整えながら、そう思ったのだった。

＊この作品は、書き下ろしです。また、文中に登場する団体、個人、行為などは実在のものとはいっさい関係ありません。

双子姉妹（ふたごしまい） 尼僧（にそう）とシスター

2021年 9月25日 初版発行

著者 睦月影郎（むつきかげろう）

発行所 株式会社 二見書房
東京都千代田区神田三崎町2-18-11
電話 03(3515)2311［営業］
03(3515)2313［編集］
振替 00170-4-2639

印刷 株式会社 堀内印刷所
製本 株式会社 村上製本所

落丁・乱丁本はお取り替えいたします。
定価は、カバーに表示してあります。

ISBN978-4-576-21136-7
https://www.futami.co.jp/

二見文庫の既刊本

みだら終活日記

MUTSUKI,Kagero
睦月影郎

85歳で入院中の竜介は、病気による余命宣告をされてしまった。そこで財産を譲る相手——平々凡々な跡継ぎ候補——を探し出すことにし、介護器具の調整をしてくれている並男を選んだ。とはいえ、自身の人生に思い残しがないわけではない。未だくすぶる性の欲望を満たすために、並男にある条件を提示し、ある方法を使って……人気作家による書下し終活官能!